Atlantis sind WIR

Atlantis sind WIR

In 30 Jahren zum ersten Roman

von

Madison S. Archer

Herstellung und Verlag:
BoD - Books on Demand, Norderstedt
ISBN 978-3-8334-9300-3

Die folgende Geschichte ist frei erfunden.
Ähnlichkeiten mit realen Personen sind nicht beabsichtigt.
Einige der in diesem Roman verwendeten Fakten wurden
dem Buch „Das Bermuda Dreieck Fenster zum Kosmos“
von Charles Berlitz entnommen.
Erschienen 1975 im Zsolnay Verlag.

Ich danke meiner Lehrerin, die meiner Mutter einmal verraten hat, sie würde meine Aufsätze immer als Bettlektüre verwenden.

Ich danke meinen Eltern, die mich immer bei meinem Vorhaben, dieses Buch zu schreiben, unterstützt haben.

Und ich danke meiner kleinen Tochter, die es mir immer wieder möglich macht, die Welt mit den Augen eines Kindes zu sehen.

Prolog

Atlantis. Viele meinen, Atlantis sei eine Insel, die durch eine Naturkatastrophe, wie zum Beispiel ein Vulkanausbruch unterging. Einige wissenschaftliche Abhandlungen vermitteln sogar recht genaue Vorstellungen davon, wo sich diese Insel befunden haben soll. Die Insel soll etwa die Größe Australiens gehabt haben und genau in die Lücke zwischen den Kontinenten Afrika und Amerika passen, wenn man diese zusammenschieben würde. Die Insel befände sich dann ungefähr an der Stelle, an der sich augenblicklich das Bermudadreieck befindet. Es wurde viel darüber geschrieben. Ja es wurde sogar schon besungen. Viele abenteuerliche Erzählungen ranken sich darum. Dies ist eine davon.

So ein Vorwort ist schnell und einfach heruntergetippt. Das Schwierige daran ist, diese Erwartung mit Leben zu füllen.

Genau so erging es mir, als ich das erste Mal versuchte, meine Geschichte niederzuschreiben. Eine Geschichte, die ich bereits seit meinem fünfzehnten Labensjahr mit mir herumgetragen habe.

Es fing alles damit an, dass meine Klassenlehrerin meiner Mutter einmal auf einem Elternabend verraten hat, sie würde meine Aufsätze immer als Bettlektüre mit Nachhause nehmen. Dies spornte meine Kreativität selbstverständlich noch mehr an. Also fing ich an, in alten Schulheften und auf allen möglichen Zetteln, all meine Gedanken festzuhalten.

Es kam ein buntes Sammelsurium von abenteuerlichen, gruseligen oder manchmal einfach unglaublichen Geschichten dabei heraus.

Gut, - ich gebe zu, - so einige Male nahm ich es mit den geschichtlichen Tatsachen nicht so genau, verlegte gar in einem Aufsatz den Maler Van Gogh kurzerhand ins 16te Jahrhundert. Natürlich ist dieser Schnitzer nicht unentdeckt geblieben. Eine meiner späteren Lehrerinnen meinte nach der Lektüre meines Aufsatzes, ich hätte eine blühende Phantasie und sie sei der Lektüre meiner Geschichten durchaus nicht abgeneigt, doch solle ich mehr auf die Korrektheit der Details achten.

Übrigens haben all meine Lehrer, wie man so schön sagt, „die Hände über'm Kopf zusammengeschlagen", als sie von meinem damaligen Berufswunsch „Krankenschwester" hörten. Nach deren Dafürhalten hätte ich schon zu dieser Zeit eine Künstlerische Laufbahn einschlagen sollen.

„Hätte ich mal bloß auf sie gehört!"

Irgendwann, Jahre später, als bereits einige Höhen und Tiefen hinter mir lagen, begann ich, an einer Geschichte aus meinem Sammelsurium, die mir von allen die liebste war, weiter herumzubasteln. Also holte ich meine Schmierzettel, von denen ich glücklicherweise den einen oder anderen aufbewahrt hatte, wieder aus der Versenkung hervor und schrieb den Text, soweit ich mein Gekrakel noch lesen konnte, in ein neues „altes" Schulheft ordentlich ab. Bereits bei diesem ersten „Abschreiben" veränderte sich die Geschichte spürbar.

Mit dem Ordnen und Strukturieren der Handlung wollte ich mich dann später befassen, denn noch hatte ich von diesen „Feinheiten" nicht die geringste Ahnung.

Was mir als Jugendliche vorschwebte, war die Geschichte einer Jungen Frau, die auf der Suche nach sich selbst ein paar

Abenteuer an exotischen Orten erlebt. Und der exotischste Ort, den ich mir zur damaligen Zeit vorstellen konnte, war Gizeh mit seinen Pyramiden und (na logisch) Atlantis.
Ich muss nicht extra erwähnen, dass ich mich selbst gerne an diese exotischen Orte träumte, weshalb mir die Hauptfigur in der Urversion meines Romans sehr ähnlich war. Dies hat sich im Verlauf der jahrelangen Bearbeitung jedoch grundlegend geändert, da ich inzwischen mein Leben selbst durch die eine oder andere Reise bereichern konnte.

Wie dem auch sei: Ich kam damals ungefähr auf 30 Seiten!
Nicht gerade viel für einen abendfüllenden Roman, dachte ich. Also verschwand das Heft erst mal wieder im Bücherregal und ich begann damit, mir weitere Informationen zusammen zu suchen, mit deren Hilfe ich die Story „aufpeppen" konnte. Ein paar Ortsbeschreibungen von Gizeh, ein paar Baupläne von Pyramiden, ein paar Hintergrundinformationen über das Bermuda-Dreieck. … (Wieso eigentlich?)
Außerdem habe ich mir jede Menge Bücher über das „Bücherschreiben" besorgt und natürlich weiterhin viel gelesen. „Nichts schult mehr, als Lesen, Lesen, Lesen", pflegte eine meiner Lehrerinnen gerne zu sagen.

Einige Eckpunkte über das Bücherschreiben habe ich mir, der Wichtigkeit halber, notiert:

1. „Schuster bleib bei Deinen Leisten!" Schreibe nur über Dinge, die du kennst. So werden Deine Figuren und deren Handlungen natürlich und ehrlich wirken. Oder es muss etwas so fiktives sein, das es auf der Welt bisher noch nicht gab. Dann kann man seiner Phantasie freien Lauf lassen.
2. Die ersten drei Seiten müssen interessant genug sein, dass der Leser dazu angeregt wird, weiter zu lesen. Hierbei ist die erste Seite die wichtigste. Daher sollte das Motiv der ersten Seite sehr sorgfältig gewählt werden. Am allerbesten wäre es, dieses Motiv genau am Ende der Geschichte zu wiederholen (beginnt man zum Beispiel auf einer Straße, sollte das Ende auch auf einer Straße sein), was eine gewisse „Abrundung" des Ganzen bewirkt.
3. Danach sollte ein kleiner Höhepunkt kommen, der dem Roman einen „Schubs" in die richtige Richtung gibt.

Für Nichtschriftsteller heißt das: hier muss irgendetwas passieren, das die Hauptfigur des Romans dazu bewegt, etwas zu tun, was somit die Handlung in Gang setzt.

4. Die Handlung sollte sich kontinuierlich steigern, bis zum eigentlichen Höhepunkt, der cirka. 5 – 10 Seiten vor Schluss erfolgen sollte. (Was natürlich niemanden daran hindern soll, die Handlung genauso spannend weiter zu führen.)
5. Die letzten Seiten müssen alle offenen Fragen beantworten. Wie man in Schriftsteller-Kreisen sagt: „Alle **losen Enden** wieder verknüpfen"

Das Motiv Straße gefiel mir. Also beschloss ich, bei der nächsten Überarbeitung meiner Geschichte, diese mit einer Straße beginnen zu lassen. Immer noch alles mit der Hand, versteht sich.

X

Die Ereignisse, die hier erzählt werden sollen, nahmen bereits vor zwanzig Jahren ihren Anfang. Es begann alles auf einer Autobahn   ...   irgendwo in Deutschland.

Auf der A9 herrschte winterliches Wetter mit Schneematsch, dünnen Nebelschwaden und leichtem Nieselregen. Der Verkehr auf der Autobahn floss zäh und allmählich bildete sich ein Stau.

In der Parkbucht eines Rastplatzes stand einsam ein alter Wagen amerikanischer Bauart. Ein junges Paar im Alter zwischen zwanzig und dreißig Jahren sammelte Pflanzen- und Bodenproben in kleine Plastiktüten, die sie dann in einer Kühlbox im Kofferraum verstauten.

Er, groß, schlank, unauffällig gekleidet, trug eine blaue Strähne in der Ponypartie seines kinnlangen, blonden Haares und eine fremdartig aussehende Armbanduhr.

Sie, klein, zierlich, mit langen, rotblonden Locken und ebenfalls einer blauen Strähne darin trug über ihrem schlichten, schwarzen Anorak eine dünne Platinkette. Diese Kette hatte einen flachen, indianisch bemalten Stein von etwa fünf cm. Durchmesser als Anhänger.

Während der Arbeit sah sie immer wieder zu ihrer zweijährigen Tochter, die auf dem Rücksitz des Wagens in Decken eingewickelt lag und fest schlief. Die Kleine war der Mutter wie aus dem Gesicht geschnitten und hatte sogar die gleiche Haarfarbe.

Nach einer Weile beendete das Paar seine Arbeit, bestieg den Wagen und der Mann lenkte ihn in den zäh fließenden Verkehr. Er blickte kurz auf das Zifferblatt seiner Armbanduhr, das dem Stein an der Kette seiner Frau glich. „Wohin jetzt?", fragte er mit einem kurzen Seitenblick.

Die Frau reckte sich müde und antwortete „Frankfurt Innenstadt." Er sah wieder nach vorne und erschrak. Der Verkehr, der für wenige Augenblicke wieder schneller geflossen war, hatte ein jähes Ende gefunden. Auf seinem Gesicht spiegelte sich das rote Leuchten der Stopplichter der vorausfahrenden Wagen. Doch noch schlimmer war das, was er im Rückspiegel wahrnahm. Er sah seine Frau sehr intensiv an, wie zum Abschied.

Sie schloss die Augen und konzentrierte sich. Plötzlich wurde der ganze Innenraum des Wagens von blauem Leuchten durchflutet.

Dann ein dumpfer Aufprall, das Kreischen von Blech auf Blech, das Zerspringen von Glas. ... und Stille.

X

Das Bild, das die Autobahn noch Stunden später bot, glich einem Schlachtfeld. Ein Schwertransporter hatte nicht mehr rechtzeitig bremsen können, hatte sich quer gestellt, mehrere Wagen unter sich begraben und viele vorausfahrende Fahrzeuge mit voller Wucht aufeinander geschoben. Einige Autos waren bis auf die Karosserie ausgebrannt.

Irgendwo mitten in diesem Chaos stand der amerikanisch aussehende Wagen. Er war auf die Hälfte seiner ursprünglichen Länge zusammen geschoben worden und hatte sich mit den Wagen vor und hinter ihm verkeilt. Wie durch ein Wunder war der Bereich der Rückbank beinahe unbeschädigt.

Und genau dort hatten Feuerwehrmänner das immer noch schlafende Kind bei ihren Aufräumarbeiten unversehrt vorgefunden. Das Mädchen trug nun die Halskette seiner Mutter. Von seinen Eltern fehlte jede Spur.

Der Feuerwehrmann ging mit dem Kind in den Armen auf den Polizisten zu, der hier die Verantwortung hatte. „Was passiert jetzt mit ihr?", fragte er, in der Hoffnung zu hören, dass die Eltern inzwischen gefunden worden waren.

Leider war dem nicht so. „Das Münchner Jugendamt muss sich um sie kümmern, bis ihre Identität geklärt ist. ... Kann man das Nummernschild noch lesen?"

„Schlecht", antwortete der Feuerwehrmann. „Es sieht aus wie ein Army-Nummernschild, aber es fehlt ein Stück."

Der Polizist dachte einen Augenblick nach. „Möglich, dass wir über die Army rauskriegen, ob sich auf irgendeinem Stützpunkt jemand nicht zurückgemeldet hat. Aber das kann Wochen dauern."

X

Das war sie, meine Vorgeschichte. Eigentlich ist dies bereits die zweite Vorgeschichte, jedenfalls aus der Sicht dieses Buches.

Und nun sollte so langsam der erwähnte erste, kleine Höhepunkt kommen, der meine Hauptperson dazu bewegt, sich zu bewegen (sozusagen). Doch, wie kriege ich eine junge Frau und deren Freund dazu, nach Atlantis zu suchen? (Denn noch existiert es für sie ja nicht). Ich dachte da an eine Art Schnitzeljagd quer über den Globus. Aber vielleicht sollte ich Ihnen meine zwei Hauptpersonen erst einmal vorstellen !?!

Diesmal allerdings mit der Schreibmaschine. Sie war zwar nicht mehr ganz neu, aber sie hatte sogar, welch eine technische Errungenschaft, bereits ein sogenanntes „Korrekturband". Das war so ein aufgerollter Streifen, auf dem war so etwas wie dieses

TippEx-Zeug, nur in Pulverform. Man musste den Buchstaben noch mal schreiben und er wurde gewissermaßen übertüncht.

Gesehen hat man ihn zwar immer noch, aber wenigstens hat er nicht mehr so gestört. Und man konnte drüberschreiben, was ein großer Fortschritt war.

Während es in meinem Leben in dieser Zeit drunter und drüber ging, entwickelte sich meine Geschichte recht zügig. Ich wusste schon ziemlich genau, was ich wollte und vor allen Dingen, was ich nicht wollte. Und bei der Suche nach einem Titel für meine Geschichte kam mir der Zufall zu Hilfe. Ich hörte eines Tages eine Musikkassette von Udo Jürgens. Darauf kam ein Titel vor, der in Kurzform genau das ausdrückte, was ich mit meiner Geschichte zu erzählen versuchte. Nämlich warum ausgerechnet wir Atlantis sind.

Das war irgendwann 1985. Ein Datum, das ich auch aus einem anderen Grund nie vergessen werde. In diesem Jahr habe ich nämlich geheiratet.

X

Jahre später war aus dem kleinen Mädchen inzwischen eine junge Frau geworden. Christy Thomas betrieb ein gut gehendes Fotoatelier in verkehrsgünstiger Lage in München.

Eine Gruppe älterer Herren posierte gerade für Erinnerungsfotos. Sie waren gut gelaunt und zu Scherzen aufgelegt. Sie trugen schwarze Talare und Doktorhüte.

Christy stand hinter dem Fotoapparat und machte von der Gruppe Aufnahmen in verschiedenen Positionen. Jede ihrer Bewegungen drückte aus, dass sie eine Frau war, die ihr Handwerk verstand. Sie trug dunkelblaue Jeans und einen schwarzen Rollkragenpullover. Die Kette ihrer Mutter trug sie darüber. Bei jeder Bewegung schwang sie leicht hin und her.

Mehrmals arrangierte sie die Gruppe neu, wobei sie geduldig die vielen Fragen der redseligen Mittsechziger beantwortete, die ihr immer wieder versicherten, dass sie auf einem Klassentreffen noch nie so viel Spaß gehabt hätten.

Nachdem sich die Männer ihrer Kostume entledigt hatten, kam ihr ,Anführer' auf Christy zu. Sein Gesicht war ein einziges Fragezeichen. „Kann ich das gleich bezahlen, Fräulein?"

Christy schüttelte den Kopf. „Nein. Wir schicken Ihnen die Rechnung mit den Fotos zu. Bei uns bezahlen Sie nur die Aufnahmen, die auch etwas geworden sind. ... Geben Sie ihre Adresse bitte meinem Kollegen." Sie drehte sich zu Michael ‚Mick' Altmann um, einem großen, drahtigen Typen, von Mitte Zwanzig mit mittellangen, dunklen Haaren und verträumten dunklen Augen, der gerade aus dem Labor kam. „Übernimmst Du bitte, Mick? ... Ich muss jetzt los."

„Stimmt ja! Hätte ich fast vergessen. ... Okay, dann zieh los", wobei er sich an den Kunden wandte, „Also, der Herr. Wo dürfen wir die Fotos hinschicken?"

Christy griff sich ihre Tasche aus dem Schreibtisch, angelte ihre Jacke von der Garderobe und verließ das Atelier auf die Straße.

X

Etwas später saß sie in einem Büro einem vornehm gekleideten älteren Herrn gegenüber. Nachdem der einen langen Blick in die vor ihm liegende Akte geworfen hatte, ruhte sein väterlicher Blick nun auf Christy.

„Ich bin sicher, dass diese Alpträume mit irgendeinem Erlebnis in Ihrer frühesten Kindheit zu tun haben, Christy. Und da fällt mir immer wieder nur dieser Unfall ein, bei dem Sie zur Waise wurden. Aber da Sie dieses Thema inzwischen ausreichend verarbeitet haben, kann es das eigentlich nicht sein. Darum bin ich wirklich so langsam mit meinem Latein am Ende. - Bis auf die Methode, den Kopf aufzuschneiden und nachzusehen, was drin ist, haben wir mittlerweile alles versucht und stehen immer noch am Anfang. ... Auch Ihr Tagebuch ergab keine neuen Erkenntnisse?"

Christy schüttelte enttäuscht den Kopf. „Nein, gar keine. Es ist immer die gleiche Geschichte. ... Da ist diese Stimme, die sagt, finde das Portal, und dann sehe ich diese Pyramidenstadt. ... Ich kann mir einfach keinen Reim darauf machen. ... Wenn das Auftreten der Träume mit irgendwelchen außergewöhnlichen äußeren Einflüssen zusammen treffen würde, hätten wir wenigstens einen Anhaltspunkt. Aber so ... nichts."

„Na gut", antwortete der Arzt und klappte die Akte zu, „schreiben Sie auf jeden Fall weiterhin jeden Traum auf, an den Sie sich erinnern. Es kann ja sein, dass der entscheidende Hinweis noch kommt. ... Und nehmen Sie bis dahin weiter Ihre Tabletten." Damit füllte er ein Rezept aus und reichte es Christy über den Tisch.

„Und fahren Sie mal in Urlaub. Sie brauchen Erholung."

Christy stand auf und steckte das Rezept in ihre Tasche. „Das klingt alles so leicht", antwortete sie, „aber wenn Sie selbständig sind, können Sie eben nicht immer Urlaub nehmen, wann Sie wollen, sondern müssen warten bis das Geschäft es zulässt!" „In dieser Beziehung geht es Ihnen wie mir", lächelte der Arzt freundlich und reichte Christy die Hand.

X

Die Karteikarten-Methode.
Um den Ablauf einer Geschichte zu ordnen eignet sich die Karteikarten-Methode meiner unmaßgeblichen Meinung nach am besten. Hierzu schreibt man die einzelnen Szenen stichwortartig auf einzelne Karteikarten. (Natürlich mit der Hand, da diese Pappkarten nicht in die Schreibmaschine reinpassen, weil sie zu dick sind.)

Danach kann man ganz leicht die Reihenfolge ordnen, verändern, Szenen hinzufügen oder wegstreichen. (Ganz leicht?)

Zum Ordnen meiner Karteikarten musste ich den Fußboden bemühen. Die Schlange der Karteikarten ging quer durch das Wohnzimmer, raus auf den Flur, vorbei an der Küche bis hinter zum Badezimmer. Es waren genau einhundert Stück. Oder waren es achtundneunzig? Mist. Irgendwo muss ich mich verzählt haben. ... Wird Zeit, dass ich die Dinger durch nummeriere. (Und was mache ich dann, wenn ich noch die eine oder andere dazwischenquetschen will?)
Egal. Jetzt kennen Sie jedenfalls meine beiden, in Schriftsteller-deutsch, „Protagonisten".

X

An diesem Abend, nach einem anstrengenden Tag im Atelier, stand Christy müde und erschöpft an die Wand gelehnt und starrte geistesabwesend vor sich hin.

Mick kam aus dem Labor und sah besorgt zu ihr hinüber. Kopfschüttelnd ging er zur Kaffeemaschine, schenkte zwei Tassen ein und schlenderte damit zu Christy. Er lehnte sich neben ihr an die Wand und fixierte denselben imaginären Punkt an der gegenüberliegenden Wand.

Er reichte ihr die eine Tasse und beide tranken schweigend. „Wird Zeit, dass wir endlich mal Urlaub machen", meinte er dann ganz beiläufig.

„Das gleiche hat Doktor Hoffmann heute auch zu mir gesagt", antwortete Christy nachdenklich.

„Sag bloß, Du würdest mal auf einen von uns beiden hören?", entgegnete Mick verblüfft.

„Na ja, ich dachte dass ich noch die Bücher in Ordnung bringe, bevor wir fahren. Ich würde nämlich gerne etwas länger weg bleiben. - Was sagst du? Hilfst Du mir?"

Mick war sprachlos. „Was hat Dich denn plötzlich überzeugt?"

„Ich weiß auch nicht. Ich denke, vielleicht will ich einfach nur diese Träume loswerden."

„Willst Du darüber reden?"

Christy nagte an ihrer Unterlippe. „Es ist irgendwie merkwürdig. Ich träume immer wieder vom Unfall meiner Eltern ... aber so, als ob ich meine Mutter wäre. Und dann ist da immer wieder ihre Stimme in meinem Kopf die sagt **Finde das Portal**, was auch immer das bedeuten soll."

„Ich mache Dir einen Vorschlag", antwortete Mick entschieden. „Ich helfe Dir, die Unterlagen zu ordnen. Danach gehen wir irgendwo was essen. ... Und heute Nacht schläfst Du bei mir. ... Mal sehen, ob ich gegen diese Träume nicht was unternehmen kann."

X

Es war dunkel und still in Micks Schlafzimmer.

Nachdem die beiden noch knapp zwei Stunden über den Büchern gebrütet hatten, bis Christy endlich zufrieden gestellt war, fielen ihr vor Müdigkeit beinahe die Augen zu. Also hatte Mick kurzerhand das Abendessen ausfallen lassen und Christy auf direktem Wege in seine Wohnung in der Nähe des Ateliers gebracht.

Und jetzt lag er hellwach neben ihr und es war so gespenstisch still. Durch das offene Fenster schien der Mond und die Gardinen wurden in einem kaum spürbaren Luftzug vor und zurück bewegt.

Christys gleichmäßige Atemzüge wurden immer wieder von leisem Gemurmel unterbrochen. Doch die Worte waren zu undeutlich, als dass Mick etwas hätte verstehen können.

Plötzlich wurde der Raum von einem unnatürlichen blauen Leuchten erfüllt.

Mick schrak hoch und sah sich um. Das Licht kam von dem Stein an Christys Kette, die sie um den Hals trug und schien zu pulsieren. Zuerst wusste er nicht, was er tun sollte. Dann sprang er entschlossen aus dem Bett, ging zielstrebig auf den Kleiderschrank zu und öffnete eine Tür. Er nahm eine Kameratasche heraus und öffnete sie. Nachdem er die Kamera überprüft hatte, steckte er den Blitz auf und fotografierte Christy von allen Seiten.

Bei jedem Blitzen zuckte das blaue Leuchten auf. Danach legte er die Kamera beiseite und setzte sich zu Christy auf die Bettkante. Behutsam fasste er sie bei den Schultern und versuchte sie aufzuwecken.

„Wach auf, Liebling."

Mühsam schlug sie die Augen auf. Im selben Augenblick erlosch das Leuchten. Mick strich zart an ihrem Hals entlang und griff nach der Kette.

Vorsichtig zog er sie Christy über den Kopf und legte sie auf den Nachttisch.

„So, Schatz! Du erwürgst Dich sonst noch mit dem Ding." Christy schlief sofort wieder ein. Gedankenverloren starrte Mick die Kette an. Dann erhob er sich mit einem Seufzen und ging wieder zu Bett.

X

Als Christy erwachte, lag sie allein im Bett.

Im Bad nebenan war Mick geräuschvoll damit beschäftigt, die Fotos der letzten Nacht zu entwickeln. Bis auf ein dünnes, rotes Lämpchen war es absolut dunkel. Einige Fotos hingen bereits an einer Leine über der Badewanne.

Mit einer Zange nahm er das letzte Foto aus dem Entwicklungsbad und hängte es an die Leine. Dann knipste er das Deckenlicht wieder an, goss die chemischen Lösungen in ihre Behälter zurück und verschraubte diese fest. Danach wusch er sich gründlich die Hände.

Beim Abtrocknen betrachtete er sich die Fotos an der Leine genauer. Er stutzte, warf das Handtuch in die Badewanne, riss ein Foto von der Leine, ging damit unter das Licht und sah es sehr gründlich an.

Dort lag eine Frau halb aufgedeckt im Bett und schlief. Der Stein an ihrer Kette leuchtete blau. Die Frau ähnelte Christy zwar wie eine Zwillingsschwester, doch sie war es eindeutig nicht.

Mick riss die anderen Fotos von der Leine und verglich sie. Auf allen Fotos war dieselbe Frau. Aufgeregt öffnete er die Tür, so dass sie gegen die Wand knallte und stürmte hinaus ins Schlafzimmer. Dort warf er einer etwas verdutzt dreinblickenden Christy die Fotos in den Schoß.

„Sieh Dir das an und dann sage mir, dass ich nicht verrückt bin."

„Was soll das? ...Ich verstehe nicht. ..." Fassungslos starrte Christy die Fotos an und dann Mick.

Der schüttelte ratlos den Kopf. „Ich habe keine Ahnung... Noch nicht...Aber ich bin sicher, dass das hier mit Deinen Alpträumen zu tun hat. Auf diesen Fotos solltest eigentlich Du sein. ... Ich habe sie heute Nacht von Dir gemacht."

„Aber warum hast Du das gemacht?"

„Naja...Wie soll ich es sagen...Der Stein an Deiner Kette hat plötzlich angefangen blau zu leuchten. Ich habe es fotografiert, sagen wir, als Beweis. ... Also das Leuchten wäre ja vielleicht noch irgendwie einigermaßen logisch zu erklären. ... Aber wie kommt diese Frau auf die Fotos? ... Und was noch wichtiger ist, ...wer ist sie?"

„Meine Mutter..."

Mick erstarrte mitten in der Bewegung. „Hä?“

Christy sah die Fotos an und dann wieder Mick. „Das ist die Frau, von der ich immer träume. ... Ich bin sie und sie ist ich... Verstehst Du? ... So als wären wir eine Person.“

Mick setzte sich zu Christy auf die Bettkante und sah ihr tief in die Augen. „Bist Du ganz sicher?“

Christy nickte.

Mick nahm ein Foto in die Hand und betrachtete es ganz genau, beinahe liebevoll. Danach ruhte sein Blick lange auf Christy. „Sie ist wunderschön. Genau wie Du. ... Erinnerst Du Dich an sie?“

„Kaum. Ich war zwei Jahre, als sie starb. Aber ich erinnere mich an einen Ort. Einen Ort, an dem ich gewesen sein muss, als ich noch sehr klein war. ... Ich sehe ihn manchmal in meinen Träumen.“

„Wie sah der Ort aus? Kannst Du ihn beschreiben?“

Gedankenverloren kaute Christy auf ihrer Unterlippe. „Ich weiß nicht. ... Ich meine, es gibt hier nichts, was diesem Ort irgendwie gleicht. ... Da sind Pyramiden. Und alles darum ist so bunt.“

„Pyramiden und bunt? ... Klingt irgendwie nach einer Filmkulisse. Vielleicht war Deine Mutter Schauspielerin.“

Christy blickte skeptisch drein. „Aber das erklärt nicht das hier“, damit deutete sie mit einem Blick auf die Fotos.

Mick legte das Foto in seiner Hand zurück zu den anderen und sah Christy mit einem unternehmungslustigen Schalk in den Augen an. „Was hältst Du davon, wenn wir versuchen, das Rätsel zu lösen? ... Ich meine, das hier sieht doch beinahe aus wie eine Art Botschaft. ... Wäre doch bestimmt spannend herauszufinden woher sie kommt.“

„Okay“, Christy hüpfte leichtfüßig vom Bett, „Lass mich nur noch schnell duschen.“

X

Und? Haben Sie rausgekriegt, wo sich der kleine Höhepunkt versteckt hat? (Sagen Sie jetzt nicht „Unter der Bettdecke“)

X

Einige Tage später standen die beiden in einer Abfertigungshalle eines eindeutig Arabischen Flughafens. Die Männer trugen die hier übliche Kopfbedeckung, die Frauen waren teilweise völlig vermummt.

Ringsum tobte geordnetes Chaos.

Ein Pulk von Leuten, darunter Christy und Mick, standen vor einem langen Fließband, auf dem die Koffer in die Halle glitten. Jeder fischte seinen Koffer vom Band, was natürlich nicht ganz reibungslos ablief.

Vor den Abfertigungsschaltern an Zoll und Passkontrolle hatten sich lange Schlangen gebildet. Christy und Mick reihten sich ein. Es ging überraschend schnell. Die Zöllner waren nicht besonders gründlich.

Weiter vorne, durch eine große Glasscheibe von der Abfertigungshalle getrennt, befand sich eine riesige Vorhalle, eine Art Gemisch aus Bahnhof und Arabischem Bazar.

Durch dieses Gewimmel kämpfte sich ein Mann. Er war Araber, doch war er europäisch teuer gekleidet. Er schien etwas älter als Mick zu sein und ging zielstrebig auf die Tür zu, durch welche die Urlauber kommen mussten. Er sah sich suchend um und erkannte Mick, der gerade seinen Pass einsteckte.

Als Mick den Mann sah, stupste er Christy in die Seite und deutete mit dem Kopf zu dem Araber hinüber. Christy war zunächst überrascht, dann hocherfreut.

Als sie durch die Absperrung traten, ließ sie ihren Koffer einfach los, und lief leichtfüßig auf den Mann zu.

„Mehmet!“

Der breitete die Arme aus und fing sie auf. „Christy, meine kleine Wüstenblume. Ich freue mich ja so, Dich wieder zusehen“, und während er sie wieder auf die Füße stellte, „Ich muss feststellen, dass Du noch hübscher geworden bist.“

Dann war Mick mit dem Gepäck herangekommen. Die beiden Männer schüttelten sich die Hände. Dann zog Mehmet Mick zu sich heran und sie umarmten sich.

Mehmet sah Christy an. „Weißt Du, als Mick anrief, dass Ihr kommt, habe ich sofort die besten Zimmer für Euch reserviert.“

Christy und Mick sahen Mehmet verdutzt an. „Zimmer reserviert? Wir dachten, wir können bei Dir wohnen.“

„Na klar wohnt Ihr bei mir. Ihr erinnert euch doch noch, als wir zusammen auf der Uni waren, gehörte meinem Vater hier ein Hotel. ... Naja, er hat es immer noch ... und was soll ich sagen. Seit zwei Jahren bin ich der Manager.“

Mick sah seinen Freund erfreut an. „Hast es also endlich geschafft, Deinen Vater von Deinen Qualitäten zu überzeugen.“

Mehmet nickte. „Und das war Schwerstarbeit, kann ich Euch sagen. Aber es hat sich gelohnt." Mehmet dirigierte die beiden zu einem riesigen Portal.

„Ach übrigens, Mick. Du hast am Telefon nicht gesagt, ob Ihr beruflich oder privat kommt."

„Rein privat", antwortete Mick. „Wir wollen ein paar Tage ausspannen. ... Christy hat sich die letzten Monate so in die Arbeit reingekniet, dass sie jetzt unbedingt etwas Erholung braucht. Und ehrlich gesagt, würde mir eine kleine schöpferische Verschnaufpause auch gut tun."

Vor dem Portal stand ein grauer Mercedes Benz. Mehmet führte seine Gäste darauf zu, öffnete die hintere Tür und ließ Christy einsteigen.

Erschöpft ließ sie sich in den Sitz fallen. Die Hitze machte ihr offensichtlich zu schaffen. Mehmet schloss die Tür und ging zum Kofferraum. Er ließ sich beim Einladen des Gepäcks viel Zeit. Sein Blick war ernst geworden.

„Willst Du einem alten Freund nicht sagen, was wirklich los ist?"

Mick wischte mit dem Ärmel über seine Stirn. „Wenn ich das wüsste, wäre mir wohler. ... Christy hat wieder diese Alpträume. ... Und neulich ist was ganz Abgefahrenes passiert." Er erzählte Mehmet von der Nacht mit dem blauen Leuchten und den Fotos, die er gemacht hatte.

Mehmet rieb sich nachdenklich das Kinn. „Ihre Mutter also. ... Und sie sagt sie hat von Pyramiden geträumt?"

„So hat sie es mir erzählt."

„Na dann seid Ihr hier richtig", Mehmet stieß Mick mit dem Ellbogen in die Seite. „Pyramiden haben wir hier reichlich. Christy soll sich eine aussuchen. Dann werden wir schon rauskriegen, was diese Träume bedeuten."

Mick hob den Kopf. „Soll das heißen, Du hilfst uns?"

Mehmet grinste von einem Ohr zum anderen. „Na, wozu hat man denn Freunde!" Entschlossen schlug er den Kofferraumdeckel zu.

X

In der Hotelhalle herrschte eine Atmosphäre wie in Tausend und einer Nacht. Überall lagen dicke Teppiche, die jedes Laufgeräusch erstickten.

Wertvolle Leuchter an der Decke, ein Zierbrunnen in der Mitte des Raumes. Überall im Raum verteilt standen große Gefäße mit orientalischen Pflanzenarrangements. Es sah beinahe aus, wie eine perfekte Filmkulisse.

Christy sah sich anerkennend um. „Ein schönes Zuhause hast Du, Mehmet.“

Der schmunzelte. „Ja, ... klein, aber mein.“ Zufrieden blickte er in die Runde.   „Wir haben hier ein paar Umbauten vorgenommen, aber im Wesentlichen ist das Haus noch so, wie mein Urgroßvater es einmal gebaut hat.“ Er dirigierte die beiden zu den Aufzügen und drückte auf die Ruftaste.

Niemand bemerkte den jungen Mann im hellen Tropenanzug, der neben einer Säule in einem Korbsessel saß und scheinbar Zeitung las.

Er beobachtete Christy sehr aufmerksam.

In seinem Haar schimmerte eine blaue Strähne.

Der Mann war etwa in Micks Alter und hatte eine sportlich durchtrainierte Figur. Als die Aufzugstüren sich schlossen, stand der Mann auf, faltete langsam und gründlich seine Zeitung zusammen, klemmte sie sich unter den Arm und verließ die Halle in Richtung Ausgang.

X

Das Hotelzimmer war orientalisch gemütlich, mit europäischem Touch eingerichtet. Die Tür zum Balkon war halb geöffnet. Die bodenlangen Gardinen schwangen in einem sanften Luftzug. Sonne flutete herein und tauchte alles in ein goldenes Licht.
Die Zimmertür schwang auf. Mehmet trat zur Seite und ließ Christy und Mick zuerst eintreten. Er folgte ihnen und blickte sich stolz wie ein König um.

„Na, hab ich zu viel versprochen?“

Beide sahen sich sprachlos und staunend um. Mick stellte die Kameratasche neben das Bett auf die Kommode.

Christy setzte sich auf das Bett und probierte die Federung der Matratze.

Mehmet ging zur Balkontür und zog die Gardinen beiseite. „Ich schlage vor, Ihr ruht Euch erst mal aus. Später essen wir zusammen in meinem Haus. Es liegt dort hinten, am Ende des Parks.“ Er deutete zur Tür hinaus. Dann nickte er beiden zum Anschied zu und zog sich zurück. Die Tür viel hinter ihm sachte ins Schloss.

Mick ging zur Balkontür und sah hinaus. Unten, hinter der Terrasse, spiegelten sich kleine Wolken im Wasser eines großen, abstrakt geformten Swimmingpools.

Direkt an den Pool grenzte der Park mit einer Vielzahl exotischer Pflanzen. Am anderen Ende des Parks, vom Hotel aus kaum zu sehen, lag ein kleineres Wohnhaus.

Aus dem Schatten eines Baumes trat der junge Mann im Tropenanzug und sah nach oben.

Mick bemerkte es nicht. „Wollen wir nach unten, den Park ansehen?" Er drehte sich um und ein Lächeln legte sich auf seine Züge.

Christy lag fest schlafend quer auf dem Bett. Mick trat leise näher und setzte sich zu ihr auf die Bettkante. Liebevoll betrachtete er sie und strich mit dem Fingerrücken einer Hand ganz sachte über ihre Wange. Behutsam hob er ihre Beine ins Bett, zog ihr die Schuhe aus und deckte sie zu.

Aufgewühlt wandte er sich um und ging zurück zur Balkontür. Er und Christy waren seit dem Waisenhaus wie Bruder und Schwester. Aber er war trotz allem immer noch ein Mann.

Und in diesem Augenblick war Christy das hinreißendste Geschöpf, das er jemals gesehen hatte. Er beschloss erst einmal eine kalte Dusche zu nehmen.

X

Später saßen sie gemeinsam in Mehmets Esszimmer.

Der Raum war europäisch modern eingerichtet, helle Möbel, Parkettboden, moderne Gemälde an den Wänden, darunter auch ein Portrait von Mehmets Frau, die direkt unter dem Bild saß.

Der Esstisch war festlich gedeckt, mit edlem Porzellan und Kerzenlicht.

Mick und Christy saßen Delia und Mehmet gegenüber.

Das Essen war bereits beendet. Eine junge Bedienstete kam lautlos herein, räumte das Geschirr zusammen und trug es hinaus.

Die Gesellschaft unterhielt sich ausgesprochen gut. Mehmet ließ häufig sein sonores Lachen erklingen.

„Weißt Du noch, Mick, als Du dem Katz einen Eimer voll Maikäfer unter den Schreibtisch gestellt, und dann behauptet hast, es wäre ein politisches Experiment?"

„Wie könnte ich das vergessen?", lachte Mick. „Wir haben drei Stunden gebraucht, um die Biester wieder einzusammeln." Die beiden wollten sich ausschütten vor Lachen.

Delia beugte sich zu Christy hinüber. „Waren die immer so?"

Christy lächelte weise. „Ach, das war doch harmlos. ... Naja ... es war schon eine besondere Art von Beziehung zwischen den Beiden. ... Mick, der nette Chaot und Mehmet, der Überschüler aus Arabien. Anfangs war es ja schon etwas gewöhnungsbedürftig. Aber ihre Scherze waren jedenfalls nie bösartig oder gemein. Und langweilig wurde es mit ihnen nie.“

Delia klopfte Christy schwesterlich auf die Hand. „Was hältst Du davon, wenn wir unseren Mokka draußen auf der Terrasse nehmen?“

Christy nickte. „Gute Idee. Es ist doch ganz schön warm hier drin.“

Mehmet sah sie an. „Draußen wird es aber auch nicht viel kühler sein. ... Ihr seid hier in Kairo ... und wir haben Sommer.“

Die Frauen lächelten einander zu und steuerten die Verandatür an. Eine leichte Brise wehte ihnen entgegen und ließ Haare und Kleider sanft wallen.

Kühlung brachte sie nicht.

Die Frauen setzten sich in die Hollywoodschaukel und sahen schweigend hinüber zum entfernten Hotel. Die meisten Fenster waren erleuchtet. Die Geräusche von dort drangen jedoch nicht bis hier herüber.

Delia wurde ernst. „Christy. ... Mir kann man nicht so leicht etwas vormachen. ... Mit Euch stimmt doch etwas nicht. ... Kann ich irgendwie helfen?“

„Ich weiß nicht“, Christy schlang die Arme um ihre Schultern und wiegte sich langsam vor und zurück. „Hat Mehmet Dir nichts erzählt? Er und Mick haben am Flughafen länger miteinander gesprochen, während sie das Gepäck eingeladen haben.“

„Nein, Mehmet hat mir nichts erzählt.“

Christy wurde ganz leise. „Würdest Du mir glauben, wenn ich Dir erzähle, dass ich Signale von Wesen aus einer anderen Welt empfange, und zwar mit dem Stein an meiner Kette hier?“ Sie zog die Kette aus dem Ausschnitt ihres Kleides und hielt den Stein hoch.

Delia betrachtete ihn. „Hm, ... könnte Aztekisch sein.“

„Maja“, entgegnete Christy. „Ich habe das mal von einem Fachmann bestimmen lassen. ... Er soll sehr alt sein. ... Jedenfalls fängt er manchmal nachts an zu leuchten. Und immer, wenn das passiert, habe ich merkwürdige Träume.“

Delia beugte sich zu ihr vor. „Was sind das für Träume?“

„Ich sehe Pyramiden, weiße Pyramiden. ... Eine ganze Stadt mit weißen Pyramiden. Und die Menschen, die ich sehe, scheinen alle so ... ich weiß nicht, ob ich das richtige Wort finde ... zufrieden zu sein. Und es scheint so, als ob diese Leute irgendwie versuchen, mit mir Kontakt aufzunehmen.“

„Und Du bist sicher, dass Du Dir das alles nicht nur einbildest?"

„Nichts ist wirklich sicher", antwortete Christy. „Aber es gibt ein paar unwiderlegbare Beweise. ... Mick hat das Leuchten gesehen, nicht ich. Ich trug die Kette in dieser Nacht, ... genau wie in jeder Nacht. ... Seit sie sich in meinem Besitz befindet, habe ich sie noch nie ausgezogen. ... Und Mick hat es fotografiert, in dieser Nacht, um es mir zu zeigen. Und als er die Fotos entwickelt hatte, da war nicht ich drauf, sondern meine Mutter. Und diese Kette ist von meiner Mutter. Und meine Mutter starb angeblich bei einem Verkehrsunfall vor zwanzig Jahren."

Delia sah sie geschockt an. „Willst Du damit sagen, dass die Kette von einem Poltergeist besessen ist, vom Geist Deiner toten Mutter?"

Christy schüttelte entschieden den Kopf. „Nein. ... Ich glaube nur an Dinge, die ich sehen und anfassen kann. Und wenn ich ehrlich sein soll, ... so langsam glaube ich nicht mehr, dass meine Mutter wirklich tot ist. Zum einen, weil die Leichen meiner Eltern nie gefunden wurden. Zum anderen, weil ich all die Jahre irgendwie immer das Gefühl hatte, dass meine Eltern noch am Leben sind und nach mir rufen. ... Es ist beinahe so, als wären sie nur ... verloren gegangen, ... und doch ganz in der Nähe."

Delia sah sie fragend an. „Hast Du jemals mit einem Arzt darüber gesprochen. Ich meine ... mit einem Psychologen?"

Christy schüttelte den Kopf. „Nein. Er weiß nur von meinen Alpträumen und dass ich davon Kopfschmerzen kriege. ... Dafür hat er mir Tabletten verschrieben."

„Und Mick?"

„Er weiß von meinen Alpträumen. Die hatte ich schon als Kind. Und ... na ja ... er war dabei als der Stein neulich nachts angefangen hat zu leuchten, also weiß er auch davon. ... Er hat mich in dieser Nacht fotografiert. Aber als er die Fotos am nächsten Morgen entwickelt hatte, war da meine Mutter drauf."

Delia tätschelte gedankenverloren Christys Hand. „Vielleicht solltest Du einmal mit einem PSI-Experten darüber reden. Drüben in den Staaten gibt es eine Firma, die sich mit solchen Phänomenen beschäftigt und den Betroffenen hilft."

Christy schüttelte fassungslos den Kopf. „Und Du bist kein bisschen überrascht? ... und... Du hältst mich nicht für verrückt?!"

Delia lachte leise auf. „Ich bin Amerikanerin. ... Wir hatten Rosswell. ... Wir haben das Bermuda Dreieck. ... Und ich bin mit einem Araber verheiratet. Auch in dieser Kultur gibt es viele Dinge, die nicht wirklich zusammen zu passen scheinen." Und mit einem Wink in Richtung Himmel „und sieh Dir mal die Sterne an. ... Bei den vielen Millionen Galaxien wäre es doch töricht anzunehmen, dass wir die einzigen intelligenten Lebewesen im Universum sind. ... Oder?“

Hinter ihnen wurde es laut. Mehmet und Mick traten durch die Tür auf die Veranda, jeder in einer Hand ein Glas mit einer bernsteinfarbenen Flüssigkeit. Mehmet lachte ihnen zu.

„Na, Ihr beiden. Und was habt Ihr für Geheimnisse?“

Delia lächelte hintergründig. „Ach, Frauengespräche.“

Mehmet wandte sich an Christy. „Mick hat mir erzählt, dass Ihr die Pyramiden besichtigen wollt. Ich habe in meiner Bibliothek ein paar Bücher. In denen steht alles Wissenswerte darüber drin. Da könnt Ihr euch vorher schon mal informieren.“

„Was hältst Du davon, Mehmet“, unterbrach ihn Delia, „wenn ich mit ihnen nach Gizeh fahre. ... Sagen wir als Fremdenführerin. ... Alles Wissenswerte über die Pyramiden können sie auch von mir vor Ort erfahren.“

Mehmet lächelte ihr liebevoll zu und drückte ihre Hand. „Ehrlich gesagt, ich hatte gehofft, dass Du das sagen würdest.“

X

Nachdem ich meine Karteikarten in die richtige Reihenfolge gebracht und durchnummeriert hatte, fing ich an, meine Geschichte in den Computer zu tippen. Richtig! In der Zwischenzeit ist die Zeitrechnung nach BASIC auch bis zu mir vorgedrungen.

... Okay, es war nur ein C64, also nach heutigem Maßstab ein Dinosaurier. Doch wie habe ich dieses Ding geliebt. Es verlieh mir eine schöpferische Freiheit, die ich vorher nicht kannte. Jetzt war es viel leichter, Sätze zu streichen oder hinzu zu fügen, ohne die ganze Seite noch einmal abtippen zu müssen. Außerdem ließen sich Schreibfehler leichter korrigieren. (Mein Verschleiß an Korrekturbändern ist in der Vergangenheit in astronomische Höhen gestiegen.)

Und wie das so ist, wenn man ein Neues „Spielzeug“ hat, fing ich an, mir das „Computern“ selbst beizubringen. Ich besorgte mir Bücher über DOS und BASIC und fing an, kleine Minniprogramme zu schreiben, die mir die Arbeit erleichtern sollten. (Das machte komischerweise auch Spaß.)

Einige Leute aus meinem Umfeld (die hier nicht näher benannt werden sollen) meinten allerdings, dass ich mit diesem Computer sinnvolleres anstellen könnte, als Romane zu schreiben. Das sei sowieso eine „brotlose Kunst“. Und überhaupt, wenn ich damit richtig Geld verdienen wolle, müsste ich schon zu den „ganz Großen“ gehören.

„Ja spinne ich ?“

So einen Tiefschlag steckt man natürlich nicht so leicht weg. ... Ziemlich deprimierend, wenn man so was von Leuten hört, von denen man sich eigentlich etwas Rückendeckung erhofft hatte.

Dass die „ganz Großen“ auch irgendwann mal klein angefangen haben, die Idee ist diesen (nennen wir sie mal Nörgler) überhaupt nicht in den Sinn gekommen.

Jedenfalls, um des lieben Friedens willen, habe ich mich eine Zeitlang tatsächlich mehr mit dem „Computern“ beschäftigt. Aus kleinen Programmen wurden größere und ich fing irgendwann an, in Bits und Bytes zu denken, anstatt in Bildern und Sätzen.

Ich fing an, mich anzupassen!

Das war das Schlimmste, was mir passieren konnte. Wie sich nämlich sehr schnell herausstellte, schreiben angepasste Leute keine guten Geschichten. Das fand ich heraus, als ich meine letzten Romanseiten mit den ersten verglich. Da las ich nur noch belangloses bla, bla, bla. Da fehlte der Biss. Ich kam mir vor, wie ein Haifisch ohne Zähne!

Damit musste endlich Schluss sein. Schließlich war ich alt genug, meinen eigenen Weg zu gehen und meine eigenen Entscheidungen zu treffen und vor allem, **„Meine eigenen Fehler machen zu dürfen!“**, wenn es denn ein Fehler war, an einer Idee so lange festzuhalten.

Und wenn es sein musste, würde ich diesen Weg auch alleine gehen.

Also trat ich die Flucht nach vorne an und hörte damit auf, mich anzupassen. (Okay. Ab und zu habe ich mich noch etwas verbogen. Aber im Großen und Ganzen fing ich wieder an, ich selbst zu sein.) Und das war gut so, denn plötzlich flutschte es wieder.

Was ich aus dieser Erfahrung gelernt habe? Sagen wir so: Ich bin nicht die einzige, die Rücksicht nehmen muss. Ab und zu nehme ich mir heraus auch mal „NEIN“ zu sagen. Und dann sollen ruhig mal die Anderen ran. Und da sich das Hin und Her immer schön gleichmäßig die Wage halten, klappt das mittlerweile ganz gut.

X

Tage später waren sie dann endlich dort.

Die Sonne sengte vom Himmel. Eine Schar verschiedensprachiger Touristen, Kamele und Kameltreiber waren über das ganze Gebiet zerstreut. Irgendwo am Rande stand ein Stand mit Zeltplanen überdacht, der Limonade, frische Kokosnusstücke und Souvenirs verkaufte. Delia deutete auf den Stand, als die drei gerade aus dem Jeep stiegen.

„Ich würde Euch nicht empfehlen, von dieser Limonade zu trinken. Sie machen sie aus Wasser, das sie hier aus einem Brunnen holen. Es wird nicht vorher abgekocht. Wer weiß, was da alles drin ist. ... Ich will ja nicht, dass Ihr euch noch eine Magenverstimmung oder vielleicht schlimmeres einfangt."

Mick und Christy nickten zustimmend.

Leichtfüßig stieg Delia ein paar Steinbrocken hinauf, von wo aus die ganze Szenerie zu überblicken war.

Christy und Mick sahen die Bauten ehrfürchtig an. „Also, Delia", raunte Mick ihr zu, „was kannst Du uns über diese Gemäuer erzählen?"

„Eine Menge. ... Alle drei Pyramiden wurden zwischen 2613 und 2494 v. Chr. gebaut. In der Periode der ägyptischen Geschichte, die unter der Bezeichnung vierte Dynastie bekannt ist. ... Die große Pyramide hat eine Grundfläche von 5,3 Hektar und besteht aus rund 2,3 Millionen Kalksteinblöcken, von denen jeder im Durchschnitt 2,5 Tonnen wiegt."

Mick pfiff anerkennend durch die Zähne. „Da fragt man sich, wie die die da raufgekriegt haben."

Delia nickte zustimmend. „Im Laufe der Geschichte haben Wissenschaftler der verschiedensten Fachrichtungen ein paar erstaunliche Dinge über diese Pyramide herausgefunden. Zum Beispiel, wenn man die Steine, mit denen sie gebaut wurde nimmt, Würfel mit einer Seitenlänge von dreißig Zentimetern daraus macht und die dann alle aneinanderlegt, ergibt das eine Mauer von 26.715 Kilometern Länge. Das entspricht zwei Dritteln des Erdumfangs am Äquator.

... Ein Wissenschaftler namens Jomard, ein Franzose, hat sie genau vermessen. Er gab die Seitenlänge an der Basis mit 230,90 Metern an, die Gesamthöhe mit 146,60 Metern und errechnete so den Neigungswinkel von 51 Grad 19 Minuten. Man konnte zur Zeit ihrer Erbauung über die Kanten irgendwelche Sterne anpeilen und komplizierte Berechnungen mit Hilfe der Maße dieser Pyramide anstellen. Die Höhe einer Seitenfläche bemaß Jomard mit 184,70 Metern. ... Dann fiel ihm ein, dass in früheren Zeiten die Höhe einer Seitenfläche mit einem Stadion angegeben wurde und dass diese Maßeinheit irgendwie mit dem Erdumfang in Beziehung gesetzt wurde. Außerdem wusste er, nach Herodot, dass ein Stadion 400 Ellen enthält. ... Also dividierte er die von ihm ermittelte Höhe der

Seitenfläche durch 400 und erhielt einen Wert von 0,4618 als Länge einer Elle. ... Da andere griechische Autoritäten die Länge einer Grundkante mit 500 Ellen bemaßen, multiplizierte Jomard seinen Ellenwert mit 500 und heraus kamen 230,90 Meter. Also genau das, was er als Länge einer Grundkante ermittelt hatte.“

„Das ist wirklich verblüffend“, staunte Mick.

„Nein. Das ist Geometrie“, lachte Delia. „Obwohl mittlerweile ettliche Wissenschaftler anderslautende Theorien vertreten, klingt diese doch ziemlich plausibel.“

„Das würde ja bedeuten, dass die Leute, die das hier gebaut haben, etwas von höherer Mathematik verstanden haben. Womöglich wussten die das mit der Relativität der Zeit auch lange bevor Einstein seine Theorie aufgestellt hat. ... Was meinst Du? ... Christy?“

Mick sah zu Christy hinüber, die im Schatten eines Steinblocks stand und schweigend zu dem Limonadenstand hinüberstarrte. Dort stand der junge Mann im Tropenanzug und beobachtete Christy. Als Mick in die gleiche Richtung sah, war er verschwunden.

„Hey Christy. ... Alles in Ordnung?“

„Denke schon. ... Ich hatte nur eben das Gefühl, dass uns jemand beobachtet.“

„Merkwürdig. ... Das hatte ich eben auch. ... Und, - kommt Dir irgendetwas bekannt vor?“

Christy schüttelte enttäuscht den Kopf. „Ich fürchte nein. ... Es klingt zwar verrückt ... aber ich habe Dir ja schon zuhause erzählt, dass die Pyramiden, die ich im Traum immer sehe weiß sind. Und es müssen mehrere sein, die dichter zusammenstehen.“

X

Diese ganzen Weisheiten über die Pyramiden habe ich mir aus mehreren verschiedenen Büchern zusammengelesen. Für die Richtigkeit der Angaben kann ich keine Garantie übernehmen. Zum Nachprüfen bin ich nie gekommen, da sich Kairo als Reiseziel bis jetzt leider immer etwas außerhalb meines Geldbeutels bewegte. Da ich allerdings in mehreren Büchern übereinstimmend die gleichen Angaben gefunden habe, ist die Wahrscheinlichkeit zumindest sehr hoch, dass sie auch korrekt sind.

X

Noch am selben Abend war in Mehmets Büro die Suche in vollem Gange. Überall lagen Bücher, Lageskizzen und teilweise sehr alte Schriftrollen aus Mehmets Familienbesitz verteilt.

Delia saß auf dem Boden, eine der alten Schriftrollen auf den Knien und schüttelte den Kopf. „Nirgends gibt es einen Hinweis auf eine Stadt aus Pyramiden."

Mehmet kratzte sich nachdenklich am Kinn, „und noch dazu weiße."

„Tja. ... Und wo auf der Welt gibt es sonst noch Pyramiden", überlegte Mick laut.

„In Südamerika gibt es welche, hauptsächlich in Mexiko. Aber die sehen anders aus, als unsere", entgegnete Delia.

„Wo ist Christy denn jetzt?", fragte Mehmet besorgt.

„Sie ist oben", antwortete Mick. „Sie fühlte sich nicht wohl und wollte duschen und sich dann bis zum Abendessen hinlegen."

X

In Christys Zimmer lag ihre Kleidung ordentlich zusammengelegt auf einem der Sessel. Ihre Kette lag auf dem Nachttisch. Im Badezimmer nebenan konnte man das Wasser der Dusche prasseln hören. Die Balkontür war einen Spalt geöffnet, die schweren Vorhänge waren zugezogen.

Plötzlich fing der Stein an der Kette pulsierend an zu leuchten. Auf dem Balkon blitzte ebenfalls für wenige Augenblicke blaues Licht auf. Dann wurden die Vorhänge von einem heftigen Windstoß erfasst. Das Leuchten des Steines erlosch.

Jemand trat durch die Balkontür in das Zimmer, schlüpfte vorsichtig durch den Vorhang und sah sich suchend im Zimmer um. Der Schatten glitt zum Nachttisch gerade in dem Moment, in dem im Bad das Wasser abgestellt wurde.

Als Christy in ein großes Badetuch eingewickelt aus dem Bad kam, sah sie sich suchend um. Sie hatte Mick im Zimmer erwartet, da sie meinte, ein Geräusch gehört zu haben. Da sie jedoch niemanden sah, entschied sie, sich getäuscht zu haben. Dann ging sie zur Balkontür, die ein Windstoß offenbar weiter geöffnet hatte und schloss sie

Draußen drückte sich der junge Mann im hellen Tropenanzug neben dem Türrahmen an die Wand.

Er hatte Glück. Christy bemerkte ihn nicht.

Nach einem Rundblick im Zimmer legte Christy sich auf das Bett. Sie hatte das Gefühl bei lebendigem Leib zu verbrennen. Die Dusche hatte nur kurzfristige Abkühlung gebracht.

$$X$$

Eine halbe Stunde später standen Delia, Mehmet und Mick wartend vor der Zimmertür, als der arabische Hausarzt von Mehmets Familie, ein vornehm gekleideter Herr in mittleren Jahren, aus Christys Zimmer kam. Er ging auf Mick zu.

„Ihre Frau hat einen Hitzschlag. ... Das kommt leider häufig vor, bei Europäern, die das erste Mal hier sind. ... Ich habe ihr etwas gegeben, damit sie schlafen kann. ... In den nächsten Tagen sollte sie sich vorerst nicht zu viel zumuten, - also keine anstrengenden Ausflüge und dergleichen."

Er reichte Mick die Hand und ließ sich dann von Delia und Mehmet zum Fahrstuhl begleiten, wobei die drei auf Arabisch miteinander sprachen. Als die Fahrstuhltür sich hinter ihnen geschlossen hatte, ging Mick leise zurück ins Zimmer.

$$X$$

Am nächsten Morgen ging es Christy offensichtlich wieder besser, denn sie saß mit Mick am Frühstückstisch. Durch die dichten, zartrosafarbenen Gardinen drang nur wenig Sonne herein und die Gardinen bewegten sich in einem leichten Luftzug, der durch die halboffenen Fenster strich.

Trotzdem war es bereits zu dieser frühen Stunde recht heiß.

Christy fächelte sich mit einer zusammengelegten Zeitung Luft zu und Mick hatte die oberen drei Knöpfe seines kurzärmeligen Hemdes geöffnet.

Als ein Kellner Tee nachschenken wollte, winkten beide dankend ab. Mehmet betrat den Raum und schritt gemessen, mal hierhin mal dorthin grüßend auf die beiden zu. Er zog sich einen Stuhl vom Nachbartisch heran und setzte sich zu ihnen. Besorgt sah er Christy an.

„Und? ... Wie geht es Dir?"

„Ganz gut, - denke ich."

Mick sah Mehmet ernst über den Tisch hinweg an. „Es war jemand in unserem Zimmer, während Christy unter der Dusche war."

„Wie bitte?"

„Es ist leider wahr. ... Der Anhänger von Christys Kette ist verschwunden", fuhr Mick fort.

Mehmet blickte grimmig drein. „Es gibt nur einen Zimmerschlüssel und den Admiralschlüssel für das Personal. ... Ich werde sie mir gleich mal vorknöpfen."

Christy legte ihre Hand auf Mehmets um ihn zu bremsen.

„Tu das nicht, - bitte. ... Es war niemand vom Personal."

„Und außerdem hat unser Unbekannter nicht nur was mitgenommen, - er hat auch was dagelassen", und damit gab er Mehmet einen Zettel auf dem fünf schlichte Worte standen.

„Such uns im Bermuda Dreieck"

Mehmet drehte den Zettel in den Händen und betrachtete ihn von allen Seiten. „Also das ist keine Handschrift von einem meiner Leute."

Mick nickte nachdrücklich. „Ich denke irgendwo da draußen gibt es jemanden, der genau weiß, was es mit dem Stein auf sich hat und weshalb wir hier sind."

„Möglicherweise erlaubt sich aber auch einfach jemand einen schlechten Scherz", gab Mehmet zu bedenken. „Auf jeden Fall, wenn ich mich recht entsinne, habe ich in meiner Bibliothek ein Buch über das Bermuda Dreieck. ... Wenn es Dich interessiert, Christy, dann soll Delia es nachher kurz rüberbringen."

„Gern", entgegnete Christy. „Der Doktor hat mir nicht verboten Bücher zu lesen. Da kann ich es mir an Eurem tollen Pool gemütlich machen. Und ... wer weiß, vielleicht finde ich da drin ja irgendeinen Anhaltspunkt, der uns weiterhilft."

„Na gut", meldete sich Mick zu Wort, „dann mache ich in der Zwischenzeit hier in der Gegend ein paar Aufnahmen für einen neuen Bildband. ...Von irgendwas muss man ja schließlich leben."

X

Jetzt kommt die Stelle, an der die erste Nebenhandlung beginnt! Hatte ich schon erwähnt, dass man Geschichten auch sehr gut aufpeppen kann, wenn man Nebenhandlungen einbaut, die dann irgendwie mehr oder weniger geschickt mit der Haupthandlung verknüpft werden? Am geschicktesten ist es natürlich, wenn diese Nebenhandlungen die Spannung steigern, oder die Handlung an sich erklären. Blöd wäre allerdings, wenn der Leser nach den ganzen Nebenhandlungen den sprichwörtlichen „roten Faden" der Haupthandlung verliert. Denn dann wird er das Buch beiseite legen und garantiert nicht noch einmal in die Hand nehmen. Was aber beinahe noch wichtiger bei dieser ganzen Haupt- und Nebenhandlungs-Verstrickerei ist, dass man beim Schreiben selbst den Faden nicht verliert. Hier habe ich zu einem kleinen Trick gegriffen. Ich habe mit farbigen Karteikarten gearbeitet. Die Haupthandlung war auf weißen, die verschiedenen Nebenhandlungen auf gelben und blauen Karteikarten geschrieben. Wieder mal alles mit der Hand, versteht sich. (Mir tut jetzt bei'm d'rüber nachdenken noch das Handgelenk weh.)

X

Zur gleichen Zeit in einer ganz anderen Ecke der Welt.

Der Landehangar sah aus, wie aus einem Spielberg-Film.

Die Halle war riesig.

Mehrere große und kleine Raumschiffe, flache, eckige, kugel- oder halbkugelförmige, ovale und abstrakt geformte, waren hier geparkt.

Es gab keine sichtbare Beleuchtung. Die Wände selbst schienen die Lichtquelle zu sein. Das Licht war extrem hell, ohne grell zu sein.

Der junge Mann im Tropenanzug stieg aus einem der kleineren Schiffe. Nur trug er jetzt keinen Tropenanzug mehr, sondern einen silberfarbenen, hautengen Multifunktionsanzug, der eine Art Uniform zu sein schien.

Äußerst vorsichtig hielt er mit beiden Händen einen etwa hutschachtelgroßen Metallbehälter und ging mit schnellen Schritten zum Ausgang.

X

Etwas später erschien der junge Mann mit dem Metallbehälter in einem anderen großen Raum, der offenbar eine Art medizinisches Labor war.

Der Raum wirkte absolut steril. Er war durch Nischen in kleinere Bereiche unterteilt, bei denen die Funktionseinheiten in die Wände eingelassen waren.

In einem dieser Abteile standen zwei operationstischgroße, marmorne Podeste parallel nebeneinander. Über den Kopfenden hing eine Konstruktion, die offenbar dazu diente, Energie zu bündeln und gleichmäßig auf die beiden Tische zu verteilen. In der Mitte der Konstruktion befand sich eine Lücke von der Größe eines Tennisballs.

Einige ältere Herren, wie Ärzte gekleidet, nahmen gerade Einstellungsarbeiten an einigen der Instrumente vor. Sie waren sichtlich aufgeregt.

Der junge Mann übergab den Behälter einem der Ärzte, der ihn vorsichtig auf einen der Podeste stellte und öffnete. Kältedampf waberte daraus hervor.

Mit einem Spezialhandschuh bekleidet griff der Arzt in den Behälter hinein und holte den Stein von Christys Kette heraus. Behutsam setzte er ihn in die Lücke in der Konstruktion über den beiden Tischen.

Alle setzten dunkle Schutzbrillen auf. Einer der Ärzte reichte dem jungen Mann eine. „Hier Ken, setz die auf.“

„Ist das hier früher schon mal versucht worden?“, fragte Ken den Arzt. „Das letzte Mal vor etwa hundert Jahren, so viel ich weiß“, antwortete dieser.

„Und? Hat es funktioniert?“

Auf diese Frage erhielt Ken keine Antwort, denn in diesem Moment legte einer der Ärzte einen Schalter um und setzte damit einen Mechanismus in Gang. Der ganze Raum erstrahlte in gleißendem, blauem Licht. Es wurde so hell, dass die Männer sich zeitweise umdrehen mussten.

Als das Licht erlosch und sie wieder hinsehen konnten, lag auf den beiden Tischen das Paar vom Anfang der Geschichte. Die beiden schienen kaum gealtert zu sein.

Als erster schlug der Mann die Augen auf. Er betastete sich, hob die Arme hoch und sah seine Hände an. Dann hob er leicht den Kopf und sah neben sich auf dem Tisch seine Frau. Sein Blick erhellte sich.

„Kira.“

In diesem Augenblick wachte die Frau auf. Sie drehte den Kopf zur Seite und sah ihren Mann an. „Ramses?“

Beide lächelten einander zu. Dann bemerkten sie dass sie nicht allein waren. Zaghaft ging Ken auf sie zu. Ramses sah ihn an und erkannte irgendetwas in seinem Blick.

„Ken?“

Der Junge nickte. Da lächelte Ramses breit und zog den Jungen in seine Arme. „Mein Sohn!“

Ken löste sich nach einigen Augenblicken, umrundete den Tisch und umarmte seine Mutter. Die sah ihn sorgenvoll an.

„Wie geht es Deiner Schwester?“

„Nicht gut. Ihr habt viel von ihrer Lebensenergie verbraucht. Aber jetzt, da sie den Stein nicht mehr trägt, müsste sie sich schnell erholen.“

Kira und Ramses erhoben sich von den Tischen. Sie umarmten einander und gingen zu einem der riesigen Fenster. Liebevoll umfasste Ramses Kiras Taille. Schweigend blickten sie hinaus auf die Stadt.

Marmorweiße Pyramiden standen dicht beieinander. Einige der weit ausladenden, üppig bepflanzten Balkone berührten sich beinahe. Brücken spannten sich von einem zum anderen Gebäude.

Dazwischen schwirrten summende Schwebefahrzeuge hin und her und landeten auf den, bei jeder Pyramide angelegten Plattformen.

Über die Stadt spannte sich eine riesige gläserne Kuppel.

X

Am anderen Ende der Welt lag Christy in einer bequemen Liege im Schatten eines großen Baumes. Sie hielt das Buch in der Hand, das Delia ihr nach dem Frühstück gebracht hatte. Es war etwa in der Mitte aufgeschlagen. Christy las sehr konzentriert und ließ sich durch nichts ablenken.

Mick stand an dem kleinen Sprungbrett und machte Faxen. Er bewegte sich übertrieben wie ein Bodybuilder, so lange bis er Christys Aufmerksamkeit hatte. Dann war er mit einem Satz im Wasser und schwamm mit kräftigen Stößen zu Christy hinüber.

Schwungvoll stieß er sich über den Beckenrand und griff nach einem Handtuch. Er tupfte sich trocken, während er zu Christy schlenderte. Neben ihr blieb er stehen und schüttelte den Kopf, dass das Wasser aus seinem Haar sie über und über nass spritzte.

Mit einem spitzen Schrei sprang Christy hoch und ließ das Buch auf die Liege fallen. Mick griff danach und fing mit vorgetäuschtem Interesse zu lesen an.

„Und? Schon was gefunden?“, meinte er ganz beiläufig.
Christy nahm Mick das Handtuch weg und trocknete sich ab. In diesem Augenblick kam Mehmet den Pool entlang, blickte grüßend in die Runde und steuerte dann Christys Liege an.

„Und? Schon was gefunden?“, fragte er.

Christy und Mick brachen auf der Stelle in schallendes Gelächter aus. Mehmet, der nicht wusste, was er verbrochen haben sollte, um solch eine Reaktion auszulösen, sah verwirrt von einem zum anderen.

„Genau das hat Mick mich auch gerade gefragt", gluckste Christy.

„Und?"

„Also ... Dieses Buch hier ist so eine Art Zusammenfassung über ungewöhnliche Ereignisse in einem Seegebiet vor der Amerikanischen Atlantikküste, die das Bermuda-Dreieck genannt wird. ... Dort verschwanden mehrere Schiffe und Flugzeuge, ohne die geringste Spur zu hinterlassen. ... Und niemand, der dieses Phänomen untersuchte, hat bisher eine befriedigende Antwort gefunden. ... Aber viele mutmaßen, dass Außerirdische ihre Hand im Spiel haben könnten."

Delia schlenderte heran. „Habe ich da eben Außerirdische gehört?"

„Hast Du, mein Engel", antwortete Mehmet. „Christy erzählt uns gerade etwas aus diesem Buch."

„Ich störe Euch ja nur ungern", lächelte Delia entschuldigend, „aber Dein Vater möchte Dich gerne kurz sprechen, Mehmet."

Mehmet streckte sich. „Tja, die Pflicht ruft. ... Aber wie wäre es, wenn Du uns heute Abend beim Essen alles ganz genau erzählst?"

„Wenn es Euch keine Umstände macht, gerne", antwortete Christy.

Delia lachte. „Was heißt denn da Umstände. Ich freue mich, wenn Ihr kommt."

X

Abends in Mehmets Esszimmer. Die vier Freunde saßen vor ihren kaum angerührten Tellern. Neben Christys Platz lag das aufgeschlagene Buch. Mehmet rührte ungeduldig in seinem Mokka. Delia legte ihre Hand auf seine, um ihn zu beruhigen.

„Also Christy", brach Mehmet das Schweigen, „dann erzähl mal, was Du herausgefunden hast."

„Ich würde sagen, das auffälligste und interessanteste Ereignis in diesem Buch ist das Verschwinden von fünf TBM-Avenger-Bombern am 5. Dezember 1945 auf einem Routine-Übungsflug."

Während Christy erzählte, formten sich in den Köpfen ihrer Zuhörer die Bilder der damaligen Ereignisse und fingen wie ein Film zu laufen an.

X

Es herrschte strahlender Sonnenschein. Nur vereinzelte Wolken waren am Himmel.

Die Maschinen starteten um 14.10 Uhr bei idealem Flugwetter. Es war 29 Grad warm, bei leichtem Wind aus Nordost.

Die fünf Maschinen flogen in geringer Flughöhe Richtung Meer.

Um ca. 15 Uhr absolvierte der Schwarm einen Übungsangriff auf einen alten Schiffsrumpf auf den Chicken Shoals, nördlich der Insel Bimini.

Nach der Übung um ca. 15.15 Uhr setzte dann dieser rätselhafte Funkverkehr mit dem Tower ein.

Im Tower saßen die beiden Offiziere Sergeant Healy und Leutnant Johnston und hörten einen eingehenden Funkspruch. „Wir rufen den Turm. ... Eine Notsituation. ... Wir scheinen vom Kurs abgekommen zu sein. Wir können kein Land sehen. ... Wiederhole. ... Wir können kein Land sehen."

Die beiden Offiziere warfen sich bestürzte Blicke zu. Healy ging zum Telefon und wählte eine kurze Nummer. „Sir. Tower, Sergeant Healy. ... Flight 19 scheint in Schwierigkeiten zu sein. ... Sie sollten sich das selbst anhören, Sir."

Johnston drückte eine Taste neben dem Funkgerät und ein Tonband setzte sich in Bewegung. Dann sprach er in das Mikrofon. „Wie ist Ihre Position?"

Die Antwort kam prompt. „Wir sind uns bezüglich der Position nicht sicher. ... Wir sind nicht einmal sicher, wo wir überhaupt sind. ... Es sieht aus, als hätten wir uns verirrt."

Ein Admiral mit drei Sternen auf der Mütze kam zur Tür herein. Er ging auf Johnston zu. Während Healy militärisch grüßte, bedeutete der Admiral Johnston, seine Arbeit fortzusetzen. Aufmerksam hörte er dem Funkverkehr zu.

„Drehen Sie nach Westen ab", empfahl Johnston dem Schwarmführer.

„Wir wissen nicht, in welcher Richtung Westen ist", antwortete dieser. „Alles ist falsch. ... Wir können keine Richtung feststellen. ... Sogar das Meer sieht nicht so aus, wie es sollte."

Der Admiral wandte sich an Johnston. „Wie ist die Situation, Lieutenant?"

„Flight 19 ist offensichtlich in ernsten Schwierigkeiten, Sir", antwortete dieser. „Sämtliche Kompasse sind ausgefallen und sie haben sich anscheinend hoffnungslos verflogen."

„Kann ich mir nicht vorstellen", antwortete der Admiral nachdenklich. „Wer führt den Schwarm?"

„Käptn Travers, Sir."

„Garry Travers?"

“Ja, Sir.”

Da griff der Admiral selbst zum Mikrofon. „Hier spricht Admiral Brass. Ich rufe Flight 19. ... Was ist los bei Euch, Garry?“

„Meine Kompasse sind beide ausgefallen, Sir“, antwortete Travers. „Die der anderen Maschinen auch. ... Ich versuche Fort Lauderdale zu finden. ... Ich bin sicher, dass wir über den Keys sind. Ich weiß nur nicht, wie weit südlich.“

„Fliegen Sie nach Norden, Garry“, ordnete Brass an.

„Wir können nicht erkennen, wo Norden ist, Sir“

„Also gut, Garry“, antwortete Brass. „Jetzt nur nicht die Nerven verlieren. ... Machen Sie eine Wende, bis Sie die Sonne auf der Backbordseite haben. ... Dann müssten Sie Fort Lauderdale bald sehen können.“

„Wir sind gerade über eine kleine Insel geflogen, Sir. ... Sonst kein Land in Sicht.“

Die drei Offiziere sahen sich betroffen an. Flight 19 war nicht über den Keys, sondern wer weis wo. Sonst hätten sie beim Weiterfliegen unweigerlich Land in Sicht bekommen müssen. ... Für den Tower mit seinem starken Sender wurde es immer schwieriger, zu den Maschinen Kontakt zu bekommen. ... Seltsamerweise kamen die Funksprüche der Piloten untereinander laut und deutlich im Tower an. ... So hörten die drei Offiziere zum Beispiel, dass Travers das Kommando an einen anderen Piloten abgegeben hatte. ... Einer unbestätigten Meldung eines Amateurfunkers, der zufällig den Funkverkehr mithörte, zufolge soll Travers gesagt haben ... *Kommt mir nicht nach! Sie sehen aus, als ob sie aus dem Weltraum wären!* ... Um ca. sechzehn Uhr brach der Funkkontakt dann ganz ab. ... Ein Martin-Mariner-Flugboot, das sich an der Suchaktion beteiligte, verschwand kurze Zeit später ebenfalls.

X

In einem der Bücher, aus denen ich mir Informationsmaterial zusammengesucht hatte, fand ich ein sehr schönes Archiv-Foto von diesen Flugzeugen. Es sind die gleichen, die man in alten, amerikanischen Kriegsfilmen sehen kann.

Schwer vorstellbar, dass Flugzeuge dieser Größe einfach so verschwinden sollen, ohne die geringste Spur zu hinterlassen.

Noch unheimlicher war, dass in diesem „Bermuda-Dreieck" noch viele andere Flugzeuge und auch jede Menge Schiffe verschwunden sind.

Sie sollten dieses andere Buch, das ich eingangs erwähnte, unbedingt mal lesen. Es hat mich so gefesselt, dass ich für einige Zeit sogar die Arbeit an meinem Roman vergaß.

So ist das mit Büchern. – Manchmal lassen sie einen nicht mehr los!

X

Unsere vier Freunde atmeten tief durch. Mick fasste ihre Gedanken in Worte.

„Schon verrückt! ... Die Leute im Tower waren praktisch live dabei, als die Maschinen verschwanden und konnten ihnen doch nicht helfen."

Mehmet hielt sich in der für ihn typischen Geste das Kinn. „Was mich stutzig macht. ... Der Tower hat doch Radar. ... Und normalerweise hätten sie die Maschinen doch auf dem Schirm haben müssen."

„Dann hätten sie die Maschinen doch einfach runter sprechen können", hakte Mick ein. „Du denkst an einen Störsender, oder Sowas?"

„Eher *Oder Sowas*", nickte Mehmet bedächtig.

„Auf jeden Fall kommt Ihr hier nicht weiter", schloss Delia.

„Das sehe ich auch so", antwortete Mick. „Wenn wir die Wahrheit rauskriegen wollen, müssen wir im Bermuda-Dreieck weitersuchen."

„Und das Buch nehmt Ihr mit", lachte Mehmet. „Dann habt Ihr wenigstens einen Grund, noch mal wieder zu kommen."

Daraufhin hoben sie ihre Mokkatassen und stießen miteinander an.

X

Die Sache mit dem Schreibstil.

Die Stilfindung war die schwierigste Aufgabe, der ich mich beim Schreiben dieser Geschichte stellen musste. Als ich damals anfing zu schreiben, hörte sich das Ganze etwa so an: Christy lag auf einer Liege am Rand des Pools. Sie sah zu Mick hinüber, der auf dem Sprungbrett Faxen machte und sagte: . . .   Dann sprang Mick ins Wasser, schwamm zu Christy hinüber und sagte: . . .

Ist Ihnen der Unterschied aufgefallen?

Mein Problem war, den gesprochenen Text meiner Protagonisten so in die Handlung einzufügen, dass ein kompaktes Ganzes entsteht, das sich trotzdem flüssig liest.

Auch zu diesem Thema gab es einiges in der von mir zu Rate gezogenen Literatur zu lesen. Aber die Hauptaussage aller guten Ratschläge aus all diesen Büchern war, dass letztendlich jeder, im Laufe der Zeit, seinen eigenen Schreibstil finden muss. Nur dann wird die Geschichte sich ehrlich anhören, wenn man sie liest. (Im Laufe der Zeit ist gut! . . . Wie lange schreibe ich schon an diesem Roman?)

In der Zwischenzeit hatte ich meinen C64 durch ein besseres Modell ersetzt. Mehr Arbeitsspeicher, mehr Festplatte. Oder sollte ich sagen: „endlich eine Festplatte!" Vorher ging ja alles nur mit diesen komischen labberigen Disketten. Und etwas schneller war er auch.

Eine der Zwischenversionen meiner Geschichte war beinahe im Drehbuch-Format geschrieben. Das heißt, ich setzte über den gesprochenen Text einfach den Namen des Sprechers.

Hat nicht funktioniert !

Erstens sah es scheußlich aus. Und schließlich wollte ich ja keinen Film drehen, sondern schlicht und einfach eine Geschichte erzählen.

X

Drei Tage später im Flughafen von Bimini an der nordöstlichen Ecke des Bermuda-Dreiecks. Die Abfertigungshalle wimmelte von Menschen. Alles war hektisch und laut. Christy und Mick traten aus dem Portal und gingen auf das nächste Taxi zu.

„Wo werden wir eigentlich wohnen?", fragte Christy neugierig.

„Keine Sorge", antwortete Mick. „Mehmet hat mir die Adresse eines Bekannten gegeben. ... Der hat auch ein Hotel und ist Mehmet noch was schuldig."

Der Taxifahrer stieg aus und verstaute ihr Gepäck im Kofferraum. Mick zeigte ihm den Zettel und der Mann nickte verstehend. Sie stiegen ein, und der Wagen setzte sich augenblicklich in Bewegung.

X

Am nächsten Morgen im Jachthafen herrschte hochsommerliches Wetter und wolkenloser Himmel. Unzählige größere und kleinere Jachten dümpelten an den Liegeplätzen.

Auf einer Seite des Hafenbeckens lagen mehrere Glasbodenboote und andere Jachten, die für Ausflüge gechartert werden konnten.

Christy und Mick kamen in lässig sommerlicher Kleidung einen der Stege entlang. „War doch nett von Mehmets Freund, uns hierher zu fahren."

Mick hatte einen Zettel in der Hand und sah sich suchend um. „Also, ... hier muss es irgendwo sein."

In der Nähe stand ein braungebrannter Mann in mittleren Jahren mit einer Kapitänsmütze auf dem Kopf an ein Schild gelehnt.

Christy trat auf ihn zu. „Entschuldigen Sie, Sir. ... Können Sie uns zeigen, wie wir zu dem Boot von Aloah-Charter-Tours kommen. ... Ich glaube, wir haben uns verlaufen."

Er schüttelte den Kopf. „Nein, nein. Die Richtung stimmt schon." Er beschrieb lächelnd mit ausgestrecktem Arm einen Weg zwischen den Jachten hindurch.

Christy und Mick folgten mit den Augen seinem Zeigefinger und nickten eifrig. Wenig später trafen sie bei einer mittelgroßen Jacht ein, die etwas reparaturbedürftig aussah. Der Lack war bereits an mehreren Stellen ausgebessert.

Auf einem Schild am Steg stand ‚Aloah-Charter-Tours'.

Am Bug der Jacht stand in roten Buchstaben der Name ‚Christy II'.

Mick sah Christy viel sagend an und nickte. „Ich würde sagen, hier sind wir richtig." Er klopfte gegen die Reling und lugte so weit über die

Bordwand, wie er konnte. „Hallo? ... Jemand Zuhause? ... Bitte an Bord kommen zu dürfen!“

Im Maschinenraum der Jacht rumorte es. Jemand reparierte etwas.

Mick wollte gerade noch einmal fester klopfen, als sich plötzlich ein Kopf aus der Luke reckte. Charly, ein älterer Mann mit sonnengebräunter Haut, fast weißen, strubbeligen Haaren und einem dünnen, weißen Vollbart lächelte breit und zeigte dabei seine makellosen Zähne.

„Die alte Lady hat schon ein paar Jahre auf dem Buckel“, sagte er. „Sie muss von Zeit zu Zeit überholt werden. ... Geben Sie mir doch mal den Engländer, ja?“

„Engländer“, Mick sah ihn verdutzt an.

Christy schmunzelte, drückte sich an Mick vorbei über die Planke und sprang leichtfüßig auf das Boot. Auf einer ausgebreiteten Decke lagen viele zum Teil sehr schmutzige Werkzeuge. Christy wählte eines aus und legte es Charly in die öl verschmierte Hand, die sich ihr entgegenstreckte.

„Kluges Kind“, grinste Charly. "Ach, übrigens, ich heiße Charly.“

Christy deutete mit der Hand auf sich und dann auf Mick. „Christy. ... Und das ist Mick.“

„Christy! ... Was für ein Zufall“, grinste Charly. Er verschwand wieder unter Deck und arbeitete geräuschvoll weiter. „Kann ich Irgendetwas für Euch tun?“ rief er aus der Luke.

„Wir wollten Ihre Jacht für ungefähr zwei oder drei Wochen chartern. ... Sie sind uns vom Hotel empfohlen worden. ... Vom Freund eines Freundes“, antwortete Mick.

Überrascht steckte Charly den Kopf aus der Luke. „Empfohlen? Wirklich?“

Er kletterte ganz heraus und warf den Schraubenschlüssel auf die Decke zurück. Seine Kleidung, kurzärmeliges, gestreiftes T-Shirt, Jeans und weiße Turnschuhe, war ölverschmiert.

Er wischte sich die Hände an einem Lappen ab, der genau so schmutzig war, wie seine Hände.

„Wie wäre es, wenn wir alles heute Abend beim Essen besprechen. ... Bis dahin läuft mein altes Mädchen wieder.“

„Also dann bis heute Abend.“

Christy und Mick verabschiedeten sich von Charly und verließen die Jacht. Plötzlich stupste Mick Christy in die Seite und deutete aufs Meer hinaus. Dort, weit draußen lag ein mächtiges Kriegsschiff, ein riesiger Flugzeugträger. Er war über hundert Meter breit und mehrere Fußballfelder lang.

Einige Marineflieger in ihren weißen Uniformen tobten herumalbernd im Hafen herum und strebten einer Mole zu, wo ein Beiboot bereits auf sie wartete.

„Die hatten wohl Ausgang." Christy und Mick mussten lachen, als einer der Piloten ein Mädchen küsste und dabei wild im Kreis herumwirbelte, bevor er sich von ihr verabschiedete.

X

Am selben Abend im Wohnraum der Jacht.

Draußen vor den Fenstern war es dunkel. Nur ganz leicht übertrugen sich die Bewegungen der Wellen auf die Jacht.

Der Tisch war zur einen Hälfte mit den Resten des Abendessens bedeckt, zur anderen mit verschiedenen Seekarten.

Während Charly dabei war, eine winzige Pfeife zu stopfen, sah Mick sich im Wohnraum genauer um. Christy drehte unentschlossen ihre Serviette zwischen den Fingern. Als Charly beim Pfeife anstecken zu ihr hinüber sah, legte sie die Serviette beiseite.

Charly inhalierte den ersten Zug ganz tief und blies versonnen den Rauch zur Decke hinauf. Dann sah er Christy und Mick mit einem Blick an, der bis in ihr Innerstes zu reichen schien. „Warum sagt Ihr mir nicht, was Ihr wirklich im Bermuda-Dreieck sucht. ... Ich meine ... Eure Fotos hättet Ihr doch auch bequemer bekommen können."

Christy holte tief Luft. „Du hast Recht. ... Aber bevor wir Dir etwas erzählen, musst Du schwören, es niemandem zu verraten."

„Ach wisst Ihr", meinte Charly leichthin, „mir würde sowieso niemand etwas glauben."

Mick hielt in der Bewegung inne und drehte sich erstaunt zu Charly um. „Ach wirklich? ... Wieso das?"

Charly senkte den Blick und fixierte einen Punkt auf dem Tisch. „Nun. ... Ich hatte da vor ein paar Jahren so ein merkwürdiges Erlebnis. ... Und seitdem nimmt mich niemand hier mehr ernst. ... Aber jetzt zurück zu Eurem Problem."

Mick nickte Christy zu. Sie nestelte an ihrer Jacke und zog eine Fotografie von dem Stein an ihrer Kette heraus und zeigte sie Charly.

„Hast Du so was schon mal gesehen?"

Charly betrachtete die Fotografie sehr genau.

Er schien den Stein zu erkennen. Langsam stand er auf, ging hinüber zum Schrank, nahm eine Flasche und Gläser heraus und schenkte ein.

Mick setzte sich neben Christy.

Charly nahm wieder ihnen gegenüber Platz. Er nahm einen kräftigen Schluck der glasklaren Flüssigkeit, schüttelte sich und starrte dann vor sich hin.

„Nun", meinte er nach einer Pause, in der er versuchte, seine Gedanken zu ordnen. „Dann ist jetzt wohl die Zeit gekommen, alte Schulden zu begleichen."

Christy und Mick warfen sich einen verständnislosen Blick zu.

„Alte Schulden?", fragte Mick schließlich. „Soll das heißen, Du kennst den Stein?"

„Und ob ich den kenne", antwortete Charly und nippte wieder an seinem Getränk. „Als ich ihn das letzte Mal sah, hing er am Hals einer wunderschönen Frau. ... Aber sagt mal, ... wie kommt Ihr zu dieser Fotografie?"

„Die Kette, an der dieser Stein hing, gehörte meiner Mutter", antwortete Christy. „Sie starb, als ich etwa zwei Jahre alt war bei einem Autounfall in Deutschland. ... Der Stein wurde mir in Kairo gestohlen. Stattdessen ließ der Dieb einen Zettel zurück auf dem stand, dass wir im Bermuda-Dreieck suchen sollen. ... Und von einem Freund habe ich dieses Buch bekommen, das über rätselhafte Vorkommnisse in diesem Seegebiet berichtet."

Christy legte das Buch auf den Tisch.

„Wir dachten", fuhr Mick fort, „wenn sich schon jemand die Mühe macht, eine so deutliche Spur zu legen, dann sollte man der Sache auf den Grund gehen."

„Das denke ich auch", antwortete Charly. „Und bei mir seid Ihr genau richtig. ... Ich kannte Deine Mutter, weißt Du."

Als er die überraschten Blicke seiner beiden Besucher sah, fuhr er fort, „Na ja. ... Ich kannte sie nicht besonders gut. ... Ich traf sie nur ein Mal. ... Sie half mir mal, als ich in Seenot war. ... Ist schon ein paar Jahre her." Er zog gedankenverloren an seiner Pfeife und blies den Rauch dünn an Mick vorbei. Seine Gedanken wanderten viele Jahre in die Vergangenheit.

X

Es war ein sonniger Tag. Das Meer lag spiegelglatt und keine einzige Wolke war am Himmel zu sehen. Eine schwer beschädigte Jacht trieb mit starker Schlagseite weit draußen auf dem Meer.

„Ich geriet damals mit der Christy 1 in einen schweren Sturm", erzählte Charly.

„Es war einer von diesen Taifunen, die ohne Vorwarnung über einen hereinbrechen.

… Die Jacht wurde stark beschädigt, das Funkgerät gab seinen Geist auf und ich brach mir das Bein."

Charly, etwas jünger als jetzt, lag verletzt in den Trümmern des Bootes. Die Sonne brannte unbarmherzig vom Himmel. Seine Lippen waren ganz vertrocknet und die Gesichtshaut stark gerötet und rissig. „Ich trieb tagelang auf dem Meer", erzählte Charly weiter. „Niemand vermisste mich, da ich oft mehrere Tage draußen blieb. … Und von dem Taifun hatte an Land niemand etwas mitbekommen."

Über dem Boot kreisten Möwen mit lautem Geschrei. Eine leichte Dünung klatschte gegen die Bordwand.

Plötzlich war ein kreisrunder Schatten über dem Boot, der schnell größer wurde. Der metallisch glänzende Rumpf eines tellerförmigen Raumschiffes war zu sehen. An der Unterseite öffnete sich eine kleine Luke und ein blauer Energiestrahl trat heraus. Er traf das Boot genau achtern. Dann standen drei Personen an Deck, zwei Männer und eine Frau.

Alle drei trugen silbrig glänzende, eng anliegende Overalls. Offensichtlich als Erkennungszeichen trugen sie eine blaue Strähne im Haar.

Die beiden Männer inspizierten das Schiff, während die Frau sich um Charly kümmerte.

Mit einem kugelschreiberähnlichen Instrument, aus dem ein roter Energiestrahl austrat, fuhr sie über Charlys Bein. Danach tat sie das gleiche mit Charlys Gesicht.

Augenblicklich verschwanden die Sonnenverbrennungen.

Ramses kam auf sie zu. „Wie geht es ihm?"

„Er kommt wieder auf die Beine", antwortete Kira. „Ein Bein war gebrochen. Außerdem ist er ganz schön dehydriert. Aber das kriegen wir hin. … Wie sieht es mit dem Boot aus?"

„Nicht so gut, fürchte ich", antwortete Ramses. „Wir müssen es von Grund auf neu aufbauen." Er nickte Kira kurz zu und ging wieder.

Charly kam zu sich und sah sich schwach um. Sein Blick tauchte direkt in Kiras dunkelblaue Augen. Sie lächelte ihn zurückhaltend an.

„Ich bin gestorben und im Himmel?!"

„Versuchen Sie, Ihr Bein zu bewegen. Es war gebrochen, aber ich habe den Knochen wieder zusammengeschweißt."

Charly bewegte das Bein ohne Probleme. Kira gab ihm daraufhin ein Glas mit einer blauen Flüssigkeit.

„Hier, trinken Sie das. Es wird Ihnen gleich besser gehen."

Charly nahm das Glas und trank es in einem Zug leer. Danach richtete er sich auf. Er betrachtete sein Boot und schüttelte den Kopf. „Sie erzählte mir, dass sie Schwierigkeiten mit ihrem ‚Zeitgenerator' hatten und dass das den Taifun ausgelöst hätte. ... Dass sie aus einer anderen Zeit kämen und sie sich aus Angst vor Entdeckung in keiner Zeit lange aufhalten dürften. ... Ihre beiden Kameraden hatten in der Zwischenzeit mein Schiff wieder flott gemacht. Es sah aus wie neu. ... Tja, und dann haben sie sich ziemlich schnell verabschiedet.   ...   Ganz am Schluss hat Kira mir noch eine Schachtel gegeben und mir eingeschärft, sie nur im Notfall anzubrechen."

X

Charly saß noch immer Christy und Mick gegenüber, die ihn gebannt anstarrten. „Und?", wollte Mick wissen, „Was war in der Schachtel?"

„Es sind Ampullen drin, mit dieser blauen Flüssigkeit, die mir Kira zu trinken gegeben hat. ... Sie sagte, man könnte beinahe alles damit kurieren." Charly sah die beiden viel sagend an.

Christy war sehr still geworden. Abwesend starrte sie aus dem Bullauge.

Charly bemerkte, dass seine Pfeife ausgegangen war und klopfte sie im Aschenbecher aus. „So war das damals. ... Als ich in den Hafen zurückkam, hat mir natürlich niemand geglaubt. ... Seitdem halten mich alle für verrückt. Das hat mich schon viele Kunden gekostet. ... Aber ich habe trotzdem weitergemacht, weil ich wusste, dass irgendwann der Tag kommen würde, an dem ich diese Schuld zurückzahlen muss."

Mick grübelte. „Glaubst Du, Du könntest die Stelle wieder finden, wo das alles passiert ist?"

„Die genauen Koordinaten nicht", erwiderte Charly. „Aber ich kann das Gebiet, in dem wir suchen müssen, zumindest ziemlich genau eingrenzen."

„Also gut. ... Wann geht es los?"

„Bringt Euer Gepäck morgen Vormittag auf die Jacht. ... Ich besorge den Proviant und melde unseren Trip bei der Hafenbehörde an. Das ist Vorschrift."

„Was?", fragte Mick überrascht. „Von so ner komischen Vorschrift habe ich ja noch nie gehört."

„Du warst ja auch noch nie hier!"

Am nächsten Morgen herrschte strahlender Sonnenschein. Der Jachthafen bot das gleiche Bild wie am Vortag, nur mit etwas mehr Menschen.

Christy und Mick gingen mit ihrem Gepäck zielstrebig auf die Christy II zu. Charly, einen kleinen Handwagen mit Proviant vor sich herschiebend, ging einige Schritte hinter ihnen.

An der Reling eines der anderen Boote stand ein Farbiger, ein Kerl wie ein Kleiderschrank mit einer Kapitänsmütze auf dem Kopf. Er betrachtete die drei spöttisch und sah sich dann zu den Männern auf den anderen Booten um.

„Hey Leute! ... Da will jemand mit Ufo-Charly verreisen.“

Die anderen Männer wollten sich ausschütten vor Lachen. Jack, so hieß der Farbige Kleiderschrank, sprang von seinem Boot auf den Steg und baute sich breit vor Christy auf, so dass sie stehen bleiben musste.

„Sie sollten lieber mit mir fahren, Lady. ... Da können Sie wenigstens sicher sein, dass Ihnen unterwegs keine kleinen grünen Männchen begegnen und Ihnen ein Bein stellen.“

Christy erwiderte ungerührt den spöttischen Blick des Mannes. „Geben Sie Sich keine Mühe, Mister. ... Charly ist uns von sehr guten Freunden wärmstens empfohlen worden. ... Er ist genau *der* Mann, den wir brauchen.“

Jack sah sie verdutzt an und trat einen Schritt zur Seite. „Okay, Ma'm. ... Aber sagen Sie hinterher nicht, ich hätte Sie nicht gewarnt.“ Er hob grüßend die Hand zum Schild seiner Mütze.

Christy nahm ihr Gepäck wieder auf, grüßte ebenfalls und ging weiter. Mick und Charly hielten sich direkt hinter ihr.

Charly grinste Jack an, als er an ihm vorbeiging. „Mach's gut, Kunta Kinte. ... Vielleicht schaffst Du's beim nächsten Mal.“

Jack war darüber so wütend, dass er sich hinterrücks auf Charly stürzen wollte. Die anderen Männer mussten ihn gemeinsam festhalten.

X

Mick und Charly luden ein paar Minuten später das Gepäck und den Proviant an Bord. Christy lehnte nachdenklich an der Reling. „Sag mal, ... was sollte das da vorhin? ... Ist der Typ immer so eklig zu Dir?“

Charly stellte eine Kiste beiseite und setzte sich neben Christy auf die Reling, während Mick sich auf die Kiste hockte.

„Wisst Ihr, ... das war nicht immer so, zwischen Jack und mir. ... Wir waren sogar mal Freunde. ... Doch als ich Deinen Leuten begegnete und von meiner Fahrt zurückkam, flippte er vollkommen aus. ... Da hieß es plötzlich nur noch Ufo-Charly dies, Ufo-Charly das. ... Ich weiß nicht, was in ihn gefahren ist, ... aber seit dem gehen wir uns aus dem Weg.“

„Tut mir leid, Charly“, meinte Christy voll ehrlicher Anteilnahme.

Charly nickte, „tja, ... mir auch. ... Eigentlich war Jack immer ein feiner Kerl. ... Ihr hättet ihn gemocht.“ Er raffte sich auf, ging zum Bug und machte die Bugleine los. Dann ging er zur Brücke. Nach einem Fehlversuch sprang der Motor an und tuckerte gleichmäßig.

Auf der Pier stand Jack am Geländer und beobachtete, wie die Christy II den Hafen verließ. Nachdenklich betrachtete er das Boot. Er sah Charly auf der Brücke und die beiden Passagiere im Bug stehen. Dann ließ er seinen Blick in die Ferne schweifen. Weit draußen lag der Flugzeugträger U.S.S. Georgetown.

X

Unterdessen auf der Georgetown.

Don Hanson, einer der Piloten stand an der Reling, ein Fernglas in der Hand und blickte hinüber zur Stadt. Er beobachtete, wie eine mittelgroße Jacht, die Christy II, gerade den Hafen verließ und das offene Meer ansteuerte.

Sein Navigator Hank Ellis kam näher. „Irgendwas los, Don?“

Don ließ das Fernglas sinken, ohne seinen Blick von der Stadt abzuwenden.

„Nein. Nichts los.“

Hank druckste etwas herum, so als wüsste er nicht, wie er anfangen sollte. „Du denkst doch nicht ernsthaft daran, Deinen Abschied zu nehmen, oder?“

Don schüttelte den Kopf. „Ich weiß es wirklich nicht. ... Außerdem habe ich nichts anderes gelernt. ... Die Hansons sind mit der Marine verheiratet.“

„Komm schon,“ versuchte Hank es erneut. „Sag bloß, Du bist immer noch sauer wegen Deinem Vater?“

Heftig drehte Don sich um. „Er hatte kein Recht dazu, verdammt. ... Er hat sich über zehn Jahre nicht um mich und meine Schwester gekümmert. Er kam noch nicht einmal zu Mutters Beerdigung. ... Und jetzt kommt er an, kehrt den Vater raus und mischt sich in alles ein. ... Ich bin erwachsen, Mann!"

„Ja. ... Aber er ist der Admiral.", konterte Hank trocken. Er drehte sich um und betrachtete die Aussicht. Seine Gedanken schweiften in die Ferne.

Er überlegte, ob er Don nicht doch erzählen sollte, dass er dessen Vater am Rande der Beerdigung zu sehen geglaubt hatte. Doch als er genauer hingesehen hatte, war der Mann verschwunden gewesen.

Er entschied für sich, es Don lieber nicht zu erzählen.

X

Eine Woche später herrschte spiegelglatte See und strahlender Sonnenschein. Die Christy II ankerte über einer Sandbank. Christy und Mick waren im Heck gerade dabei, Taucheranzüge und Flossen anzuziehen.

Eine Unterwasserkamera lag auf einem Sitz neben ihnen.

Mick überprüfte sie. Charly machte Handreichungen und wirkte dabei unschlüssig. „Also. ... Ich halte das für keine gute Idee. ... Wenn nun was passiert?"

Mick sah ihn fragend an. „Was soll schon passieren? ... Wir sind jetzt schon über eine Woche auf See und nichts ist passiert. Und hier kriegen wir endlich mal ein paar gute Aufnahmen für unseren Kalender."

„Und außerdem ist das da drüben genau der Schiffsrumpf, auf den Flight 19 damals den Übungsangriff geflogen hat." Christy deutete auf einen großen Schatten, der teilweise aus dem Wasser ragte.

„Das Schiff aus Deinem Buch?", fragte Charly.

„Ja."

Christy und Mick schnallten die Atemgeräte um und prüften deren korrekte Funktion. Sie zogen die Taucherbrillen an und ließen sich nach einem kurzen Gruß einfach rücklings über Bord fallen. Langsam tauchten sie unter.

Der Schatten der Jacht wurde kleiner. Dann war der Grund der Sandbank erreicht. Beide glitten darüber hin. Buntes Leben und Treiben herrschte hier unten. Sie machten ein paar Aufnahmen.

Langsam näherten sie sich dem Schiffsrumpf. Sie sahen sich alles genau an und machten Fotos von allen Seiten.

Der Rumpf war kaum noch als Schiff zu erkennen. Er war von Muscheln und Korallen verkrustet und Algenbewachsen. In ihm wohnten eine Vielzahl verschiedener, bunter Fischarten.

Während Mick und Christy den Rumpf umrundeten war da plötzlich ein Geräusch. Es klang beinahe wie das Summen eines Bienenschwarms, nur leiser.

Christy lauschte.

Mick machte das Zeichen zum Auftauchen. Direkt am Rumpf glitten beide nach oben. Sie
sahen Charly auf der Jacht stehen, ein Fernglas vor den Augen und in Richtung des Geräusches den Horizont absuchen. Christy und Mick kletterten auf den Schiffsrumpf, setzten sich rittlings darauf und schoben die Brillen hoch.

Mick rief hinüber. „Charly. Was ist da Los? Siehst Du was?“

Charly schüttelte den Kopf. „Bis jetzt noch nicht.“ Er stutzte, fixierte einen Punkt am Horizont. „Da. ... Da ist etwas. ... Aber es ist nicht im Wasser. ... Es sieht aus als ... Ja, es sind Flugzeuge.“

„Was für Flugzeuge?“, fragte Christy.

„Kann ich noch nicht sagen. Sind zu weit weg. Aber sie fliegen direkt auf uns zu. ... Besser, Ihr kommt an Bord.“ Er hob erneut das Fernglas an die Augen. „Jetzt kann ich sie genauer erkennen. ... Es sind fünf. ... Sehen aus wie Kampfflugzeuge aus dem zweiten Weltkrieg.“

„Aus dem zweiten Weltkrieg?“, wunderte sich Mick. „Dass die nicht schon längst ausgemustert sind? ...“

„Sieht aus, als wollten sie uns angreifen, so tief wie die fliegen.“, rief Chrtisty.

Und damit sollte sie Recht behalten. Augenblicke später waren die Flugzeuge da. Sie kamen direkt über die Jacht und flogen einen Angriff auf den Schiffsrumpf.

Schüsse peitschten über das Wasser und näherten sich der Stelle, an der sich Christy und Mick aufhielten.

Christy und Mick zogen sich ganz zusammen, um ein möglichst kleines Ziel zu bieten. Charly drückte sich derweil in das Führerhaus der Jacht und angelte nach dem Funkgerät.

Die Flugzeuge flogen eine Schleife und griffen erneut an.

Mick drückte geistesgegenwärtig auf den Auslöser der Unterwasserkamera.

Christy winkte wie verrückt, doch die Piloten sahen sie nicht. Wieder attackierten die Maschinen den Schiffsrumpf.

Mick ließ sich auf den Rücken fallen und fotografierte weiter. Dann rutschte er ab und stürzte mit einem Schreckenslaut ins Wasser.

Die Kamera gurgelte dem Grund der Sandbank entgegen.

Charly drehte am Frequenzregler der Funkanlage. Er hob das Mikrofon an die Lippen. „Küstenwache, hier ist die Christy II, bitte kommen.“

X

Zur selben Zeit im Funkraum der Küstenwache.

Es war ein funktional eingerichteter Raum mit Funkanlage, Fernschreiber, Radar, Telefon etc.

Drei Mann Personal waren anwesend, einer davon am Funkgerät. An dem riesigen Fenster waren die Jalousien zum Schutz gegen die Sonne heruntergelassen.

Der Funker antwortete gerade auf Charlys Funkspruch.   „Christy II, hier Küstenwache. Bitte wiederholen Sie.“

Charly „Küstenwache, hier Christy II, meldet euch verdammt.“

Der Funker und seine Kollegen wechselten ratlose Blicke.

„Er scheint uns nicht zu hören. ... Christy II hier Küstenwache, bitte melden.“

Wieder drang Charlys panische Stimme aus den Lautsprechern. „SOS, ich wiederhole, SOS. Hier ist die Christy II. Wenn uns Irgendjemand hört. ... Wir werden angegriffen. Ich wiederhole. Wir werden angegriffen. Wir ankern bei dem alten Schiffswrack auf dem Bimini Atoll. Wir brauchen hier dringend Hilfe.“

Die Männer der Küstenwache sahen sich betroffen und ratlos an. Der Funker wandte sich an den Vorgesetzten. „Sir?“

Der kratzte sich ratlos am Kopf. „Tja, ich weiß nicht. ... Charly ist ja ein wenig verrückt, Aber so? ... Gebt die Meldung raus und schickt Wachboot I zu der Position. ... Irgendwas auf dem Radar?“

Der Radarmann schüttelte den Kopf. „Nein Sir. ... Wenn da was ist, muss es eine Tarnkappe tragen.“

X

Auf einer anderen Jacht, ganz in der Nähe holte Jack, der Farbige mit der Kapitänsmütze auf der Glatze gerade den Anker ein.

Der Bootsmann räumte die Angeln weg. Ein reicher Kunde freute sich über einen gerade gefangenen Hai. Im Führerhaus kratzte das Funkgerät.

„An alle Boote im Bereich des Bimini Atolls! Hier spricht die Küstenwache. Die Christy II befindet sich in Seenot. Der Skipper meldete, dass sie angegriffen werden. Bitte, nehmen sie sofort Kurs auf den alten Schiffsrumpf und melden der Küstenwache, was dort vorgeht.“

Jack ging zum Funkgerät und nahm das Mikro in die Hand. „Küstenwache, hier ist die Miami Dreamer. Wir sind auf dem Weg.“

Er startete die Motoren und mit einer hohen Bugwelle brauste die Jacht davon.

X

Die Flugzeuge umkreisten und attackierten derweil immer noch den Schiffsrumpf. Christy sah sich suchend um, rückte die Taucherbrille zurecht und schaute unter den Wasserspiegel.

Mick trieb bewegungslos etwa auf halber Höhe zwischen dem Wasserspiegel und dem Grund. Blut breitete sich aus.

Christy ließ sich ins Wasser gleiten, griff nach dem Mundstück ihres Atemgerätes und schob es zwischen die Zähne. Schnell tauchte sie zu Mick hinunter.

Mick war bewusstlos. Sein Mundstück baumelte neben ihm und eine große Wunde klaffte an seinem Oberschenkel.

Schemenhaft tauchten in der Ferne Haie auf, die sich schnell näherten. Christy handelte sofort. Sie packte Mick unter den Armen und zerrte ihn nach oben. Sie robbte auf den Schiffsrumpf und zog Mick an seinem Gürtel hinter sich her.

Im selben Augenblick waren die Haie da und krachten mit den Nasen hart gegen die Bordwand. Dumpf dröhnten die Schläge.

Christy streifte Brille und Atemgerät ab. Sie zog Mick den Gürtel aus und band die Wunde ab, um die Blutung zu stoppen.

Die Flugzeuge waren verschwunden.

Charly sprang in das Beiboot und versuchte, den Motor anzulassen. Vergeblich zog er immer wieder am Starter.

Die Attacken der Haie wurden immer bedrohlicher.

Christy hielt Mick ganz fest, damit er nicht abrutschte.

Plötzlich ertönte ein hoher Pfeifton, der sich wie der Schrei von Fledermäusen anhörte, nur sehr viel lauter.

Die Haie stoben in wilder Flucht in alle Himmelsrichtungen davon. Genau in dem Moment sprang der Motor des Beibootes an. Charly fuhr schnell zum Schiffsrumpf und half Christy, Mick in das Boot zu hieven.

„Was hat die verjagt?“, fragte Christy überrascht.

„Tja, scheint so, als hätten wir Freunde in der Nähe“, antwortete Charly.

X

Etwas später am Schiffsrumpf.

Die Christy II war verschwunden.

Mehrere Boote kreuzten um die Position. Das Küstenwachboot lag bei der Sandbank vor Anker. Ein Taucher stieg gerade aus dem Wasser. Er hielt Micks Unterwasserkamera in der Hand. Beim an Bord steigen übergab er sie dem Kapitän es Bootes.

„Sonst noch was gefunden?"; fragte dieser.

„Ja, Sir", antwortete der Taucher, „drüben auf dem alten Wrack sind frische Blutspuren. ... Irgendjemand war hier ... und er ist verletzt. ... Der Blutmenge nach zu urteilen, muss es eine sehr große Wunde sein."

Im Führerhaus quakte das Funkgerät.

Es klang wie der Funkverkehr zwischen mehreren Flugzeugen.

Der Kapitän des Küstenwachbootes ging ins Führerhaus und hörte sich das an, während der Taucher damit begann, seinen Anzug auszuziehen.

„Kommt mir nicht nach. Es sieht aus, als ob sie aus dem Weltraum wären", hallte eine Stimme aus dem Funkgerät.

Danach kam nur noch Rauschen und Knistern aus dem Gerät.

Alle in der Nähe hatten den Funkspruch mitgehört.

Jack lag mit der Miami Dreamer längsseits des Küstenwachbootes. Nachdenklich schob er seine Schirmmütze in den Nacken und sah in die Ferne. "Verdammt, Charly. Auf was hast du dich da bloß eingelassen."

X

Noch später in einer Kabine der Christy II war der Vorhang zugezogen. Eine Lampe spendete nur spärliches Licht.

Mick lag im Bett. Er war immer noch bewusstlos.

Christy legte einen Verband an die Oberschenkelwunde. Immer wieder schüttelte sie unzufrieden den Kopf. „Verdammt. Das müsste genäht werden. ... Ich habe einen Druckverband angelegt. ... Aber ich fürchte, das wird nicht verhindern, dass er weiter Blut verliert. Er muss zu einem Arzt ... und zwar schnell."

Charly, der hinter ihr stand, nickte und klopfte ihr auf die Schulter. „Wir machen uns sofort auf den Weg. ... Nach Bimini ist es nicht weit und dort schaffen wir ihn ins Krankenhaus."

Christy deckte Mick zu und sie und Charly verließen die Kabine. Sie traten durch die Luke und gingen zum Führerhaus.

Charly sah sich erstaunt um und stutzte. „Verdammt. Der Anker muss sich gelöst haben. Wir sind nicht mehr auf Position."

Er ging ins Führerhaus und versuchte, den Motor zu starten.

Der sprang nicht an.

Christy ging derweil zum Heck und prüfte die Ankerleine. „Der Anker liegt noch fest, Charly. Er hat sich nicht gelöst.“

Dann sah sie geradeaus. "Sieh mal, Charly.... Da ist eine Insel.“

Die Jacht lag in Strandnähe einer Insel vor Anker. Das Rauschen der Brandung war deutlich zu hören. Charly kam aus dem Führerhaus. „Ich fürchte, wir werden vorerst hier bleiben müssen. Der Motor streikt. Ich muss ihn erst reparieren.“

Christy sah ihn erschrocken an. „Und Mick?“

Charly zuckte mit den Achseln. „Sorry. Aber ich kann nichts dafür.“

X

Und hier kommt jetzt die Stelle, an der die Nebenhandlung geschickt mit der Haupthandlung verknüpfelt wird. (Zumindest eine davon.)

X

Die U.S.S. Georgetown war in voller Fahrt. Die Motoren stampften mit höchster Leistung.

Zwei Helicopter näherten sich und landeten auf der Plattform.

Einige Offiziere stiegen aus und grüßten militärisch, dann mit Handschlag.

Die Männer kannten sich bereits.

In einem Besprechungsraum tief im Inneren des Schiffes wartete Admiral Foster bereits am Kopfende des Konferenztisches.

Die Offiziere traten ein. Es waren unter Anderen Admiral Hanson, seines Zeichens Verbindungsoffizier des Pentagons und Lieutenant. Reynolds, ein Mitarbeiter des militärischen Nachrichtendienstes.

Foster bot den Eintretenden Plätze an und setzte sich dann selbst. „Ich danke Ihnen, meine Herren, dass Sie so schnell gekommen sind.“

Hanson ergriff sofort das Wort. „Dann sollten wir uns nicht lange bei der Vorrede aufhalten. ... Was gibt es für ein Problem?“

Foster ließ sich so schnell nicht das Heft aus der Hand nehmen. „Ob es ein Problem ist, werden wir erst noch zu klären haben. ... Darum sind wir hier, Gentlemen.“ Er öffnete die Mappe, die vor ihm auf dem Tisch lag, nahm ein paar Fotografien heraus und reichte sie herum. Jeder betrachtete sie aufmerksam.

Lieutenant. Reynolds bekam runde Augen, bei ihrem Anblick.

Hanson schien immer noch unwillig über seine erzwungene Anwesenheit zu sein. „Das sind Archivaufnahmen von irgendwelchen alten TBM-Avenger-Bombern. ... Und?"

Reynolds schaltete sich zaghaft in das Gespräch ein. „Entschuldigen Sie, dass ich widerspreche, Sir. Aber das sind nicht irgendwelche TBM-Avenger."

„So, und warum nicht?", fuhr Hanson ihn an.

Foster versuchte zu beschwichtigen. „Gentlemen, ... was wäre, wenn ich Ihnen sagte, dass diese Aufnahmen wahrscheinlich erst gestern Vormittag entstanden sind?"

Reynolds wurde sehr ernst. „Dann würde ich sagen, **wir haben ein Problem,** Sir."

Hanson wurde langsam ungeduldig. „So. ... Da Sie ja offensichtlich mehr zu wissen scheinen, als alle Anderen hier, dann weihen Sie uns mal ein."

Reynolds sah Foster fragend an. „Sir?"

„Schon gut, Andrew", nickte Foster ihm zu. „Sagen Sie uns alles, was Sie über diese Flugzeuge wissen."

„Das ist Flight 19, Sir. ... Das sind die fünf TBM-Avenger, die am 5. Dezember 1945 in der Nähe der Chicken Shoals spurlos verschwanden." Er hielt den zweifelnden Blicken seiner Zuhörer stand.

Foster ermunterte ihn, weiter zu erzählen. „Und wie kommen Sie darauf, Andrew?"

„Nun, Sir. ... Mein Großvater war einer der Piloten. Und als ich alt genug war, habe ich alle Informationen über diesen Flug gesammelt, deren ich habhaft werden konnte."

Foster blickte ernst in die Runde und nickte. „Gentlemen. Lieutenant. Reynolds hat Recht. Das *ist* Flight 19. Und ... diese Aufnahmen sind gerade mal 24 Stunden alt."

Hanson schlug mit der flachen Hand auf den Tisch. „Das ist doch völlig unmöglich!"

Foster sah ihn über den dünnen, goldenen Rand seiner Brille hinweg tadelnd an. „Wir haben das nachgeprüft, Raymond. ... Man kann heute mittels Spektralanalyse sehr genau das Alter eines Gegenstandes feststellen. ... Außerdem sind die Fotos in Farbe. Und damals gab es noch keine Farbfilme in dieser Qualität!"

„Und woher kommen die Aufnahmen?", schob Hanson vorsichtig nach.

Foster erklärte mit einem Blick diesen Disput für beendet. „Die Küstenwache Bimini hat sie uns übergeben. Sie haben die Kamera, mit der diese Aufnahmen gemacht wurden, bei dem alten Schiffswrack aus dem

Wasser gefischt, auf den Flight 19 seinerzeit den Übungsangriff geflogen hat. Und die Leute, denen die Kamera gehörte, sind unter sehr mysteriösen Umständen verschwunden. ... Und etwa zur gleichen Zeit hat die Küstenwache Bimini einen sehr ungewöhnlichen Funkverkehr aufgezeichnet. ... Hier ist eine Kopie des Originalbandes.“

Er schob einen Bandrecorder vor sich auf den Tisch und spielte das Band ab.

Als er es ausschaltete spiegelte sich auf den Gesichtern seiner Zuhörer Bestürzung und Überraschung zugleich.

„Und dann wurden noch mehrmals die Buchstaben FT gefunkt. Exakt wie damals, als Flight 19 verschwand“, beendete Foster seine Ausführungen.

Hanson stellte die alles entscheidende Frage. „Und was erwartet man nun von uns?“

Foster legte sich die nächsten Worte sehr genau zurecht. „Gentlemen. ... Irgendwas ist da draußen mit unseren Jungs passiert. ... Und wir sind jetzt hier, um herauszufinden was. ... Und diese Fotos und das Band hier, sind seit mehr als fünfzig Jahren der erste Anhaltspunkt.“

X

Abends klappte Charly gerade die Luke zum Maschinenraum zu. Er wischte die öl verschmierten Hände an einen Lappen, ging zum Führerhaus und versuchte, den Motor zu starten.

Der Anlasser drehte sich zwar, doch der Motor blieb stumm.

Christy kam herein und stellte sich neben Charly. „Und?“

„Nichts“, Charly schüttelte den Kopf.“... Sie will einfach nicht. ... Es ist fast so, als hätte jemand den Motor ausgebaut.“

Von ferne drangen Stimmen zu ihnen.

Christy drehte sich um und spähte hinüber zum Strand.

Weit entfernt näherten sich flackernde Lichter. Langsam wurde das Rufen lauter und deutlicher.

Charly sah ebenfalls zum Strand hinüber. Parallel zur Jacht traten vierzehn Männer in altmodischen Fliegeruniformen aus der Dunkelheit.

Ihr Anführer trat vor. „Entschuldigen Sie die Störung, Sir. Wir brauchen Ihre Hilfe. ... Dürfen wir an Bord kommen?“

Charly war sofort mit Eifer bei der Sache. „Ich komme mit dem Dingi rüber.“

Christy sah die Männer mitleidig an. „Die sehen ja halb verhungert aus.“

Charly ging zum Heck, stieg in das Beiboot und startete den Motor.

Er musste vier Mal fahren, bis alle an Bord waren.

Verlegen und unsicher standen sich dann alle auf dem Achterdeck der ChristyII gegenüber.

Der Anführer streckte Charly die Hand entgegen. „Danke, dass Sie uns aufgenommen haben. Ich bin Garry Travers, United States Air Force. ... Wir sind mit unserer Staffel hier in der Nähe abgestürzt, als uns der Treibstoff ausging. Wir konnten uns auf diese Insel retten. Aber es ist unmöglich, ins Landesinnere vorzudringen. ... Wir konnten uns weder Essen noch Wasser beschaffen. ... Die Männer sind am verhungern.“

Charly nickte Christy zu. „Wir werden sehen, was wir für Sie tun können.“
Die Beiden verschwanden im Niedergang.

Die Männer setzten sich, wo sie gerade standen. Sie waren erschöpft und übernächtigt und starrten müde vor sich hin.

X

In der Kombüse nahm Charly den größten Topf aus dem Schrank, den er finden konnte und stellte ihn auf den Herd. Dann zog er einen Rollschrank auf und nahm einen Beutel vorgegarte Kartoffeln, eine lange, sehr dicke Salami, einen Beutel Tomaten und zwei Dosen Bohnen heraus.

Christy begann sofort, die Salami in Würfel zu schneiden.

Charly nahm ihr das Messer aus der Hand. „Danke, Christy. Aber ich denke, das schaffe ich schon alleine. ... Sorge Du lieber dafür, dass die Jungs da oben etwas zu trinken bekommen. Da drin sind die Wasserflaschen und Pappbecher müssen da auch irgendwo sein.“

Christy öffnete die bedeutete Tür, hob eine große Korbflasche und einen Stapel Becher heraus und steigt die Treppe nach oben.

X

An Deck kam Christy durch die Luke und bugsierte die schwere Korbflasche vor sich her. Travers stand sofort auf und nahm ihr die Flasche ab.

Christy lächelte ihm zu und verteilte die Becher, die Travers sofort mit Wasser füllte.

Die Männer benahmen sich diszipliniert, obwohl sie sehr durstig waren. Sie tranken in kleinen Schlucken und ließen das Wasser fast genießerisch die ausgedörrten Kehlen hinab rinnen.

Travers stellte die leere Flasche beiseite, bot Christy einen Platz an und setzte sich dann neben sie.

„Danke, Miss. Sie haben uns wahrscheinlich das Leben gerettet.“

„Woher kommen Sie?“

Travers streckte sich, bevor er antwortete. „Wir sind in Fort Lauderdale stationiert. ... Vor drei Tagen sind wir zu einem Übungsflug gestartet. ... Wir waren schon auf dem Rückflug, da fielen plötzlich die Kompasse aus. ... Irgendwas Merkwürdiges ist da draußen passiert. Wir waren plötzlich anderswo, als wir hätten sein müssen. ... Tja. ... Und jetzt sind wir hier.“

Christy wurde stutzig und überlegte einen Augenblick. „War die Kennung Ihrer Staffel vielleicht Flight 19, oder dürfen Sie das niemandem sagen?“

Travers sah sie überrascht an. „Ja. Unsere Kennung ist, ... oder besser gesagt war Flight 19. ... Woher wissen Sie das? ... Haben Sie die Suchmeldung gehört?“

Christy sah ihm ernst in die Augen. „Ich bin sicher, Sie werden mir nicht glauben, aber ... als man nach Ihnen gesucht hat, war ich noch nicht mal geboren.“

Travers sah sie verständnislos an. Bevor er jedoch etwas erwidern konnte, ging geräuschvoll die Luke zum Wohnraum auf.

Charly jonglierte den dampfenden Topf vor sich her nach oben.

Christy erhob sich sofort, ging nach unten und kam mit einem Tablett voll Pappteller und Besteck zurück. Assistiert von einem der Piloten half sie Charly dabei, den dicken Eintopf zu verteilen.

Die in Flüstersprache geführte Unterhaltung der Männer verstummte und machte hungrigem Schmatzen Platz.

Travers ließ Christy dabei die ganze Zeit nicht aus den Augen. Aufmerksam verfolgte er jede ihrer Bewegungen. Als sie es bemerkte, warf er ihr einen fragenden Blick zu, sagte jedoch nichts.

Dann war das Essen verteilt. Charly stellte den Topf auf das Deck, nickte Christy zu und verschwand mit ihr im Niedergang.

Die Soldaten aßen hastig. Man konnte sehen, dass sie tagelang nichts zu Essen hatten.

Wenig später klappte wieder die Luke auf und Christy und Charly hievten einen Ballen Decken nach oben.

Charly schmunzelte. Die Teller waren bereits restlos leer gegessen.

Mit dem leeren Topf sammelte er das Geschirr ein, während Christy die Decken austeilte.

Charly wandte sich an Travers. „Sie können es sich hier oben bequem machen. Mehr haben wir leider nicht für Sie.“

„Danke“, erwiderte dieser. „Aber das ist schon mehr, als wir die letzten drei Tage hatten.“

Christy zog ein Buch hervor und zeigte es Travers. „Sie haben mir vorhin sicher nicht geglaubt, als ich sagte, dass ich noch nicht geboren war, als man nach Ihnen suchte. Nicht wahr?“

„Ehrlich gesagt, ich dachte Sie würden mir ganz schönes Seemannsgarn auftischen.“

„Leider nicht“, antwortete Christy. Sie blätterte in dem Buch, schlug eine Seite auf und zeigte sie Travers. Zu sehen waren Fotografien von TBM-Avenger-Bombern.

„Sahen Ihre Maschinen so aus?“

Travers nickte.

Charly setzte sich still neben sie. „Ich denke, diese Leute haben ein Recht auf die Wahrheit. ... Findest Du nicht?“

Eine Stunde später stand der Mond bereits hoch am Himmel.

Es war absolut still.

Sogar das Meer schien zu schlafen.

Die Männer saßen in die Wolldecken gewickelt um Christy und Charly herum. Alle waren betroffen und ungläubig.

Travers fand als erster seine Sprache wieder. „Wie ist denn so was möglich?“

„Schwer zu sagen“, gab Christy zurück. „... In dem Buch steht, dass der Tower über Funk mitgehört hat, dass Ihnen irgendwas begegnet sein muss, das aussah, als ob es aus dem Weltraum käme. ... Ist das wahr?“

Travers zuckte mit den Achseln. „Ich hielt es für eine Sinnestäuschung. ... Aber vielleicht habe ich wirklich ein Ufo gesehen. Ich bin nicht sicher.“

Charly berührte Christy an der Schulter. „Christy, Du solltest noch mal nach Mick sehen. Der Verband ist sicher wieder fällig.“

Travers sah sich um und gab einem der Piloten mit den Augen ein Zeichen. „Danvers wird Sie begleiten, Miss. Bevor er einberufen wurde, war er Sanitäter.“

Christy nickte dankend, erhob sich und ging, gefolgt von Danvers die Stiege hinunter.

Travers nahm inzwischen das Buch und blätterte wahllos darin herum. Er musste mehrmals schlucken, als er das Druckdatum des Buches las.

X

Im Wohnraum der Jacht wusch sich Danvers die Hände, Christy reichte ihm ein Handtuch.

Charly kam mit Travers nach unten. „Und?"

Christy sah ihn müde an. „Mister Danvers hat die Wunde genäht. ... Ich habe etwas von dem blauen Zeug unter den Verband getan. ... Ich hoffe, Du hast nichts dagegen."

Charly winkte ab. „Woher denn. ... Genau für solche Gelegenheiten war es doch gedacht."

Travers blickte Danvers fragend an. „Wie sieht es aus, Danvers?"

Der schüttelte den Kopf. „Das kann man jetzt noch nicht sagen, Sir. ... Ich habe die Wunde gesäubert und genäht. ... Jetzt kann man nur warten und hoffen, dass es sich nicht entzündet."

Charly holte eine Flasche Cognac und vier Gläser aus dem Schrank. Er schenkte ein und reichte jedem ein Glas. „Na dann prost, darauf trinken wir."

Sie prosteten sich zu und leerten die Gläser.

Christy schüttelte sich und verzog das Gesicht. „Ganz schön starkes Zeug."

Charly grinste. „Das schon. ... Aber das beste Schlafmittel, das ich kenne."

X

Am nächsten Morgen standen die Piloten am Strand der Insel, außer zweien, die auf der Jacht Wache halten sollten, mit Charly und Christy abmarschbereit.

Die Jacht dümpelte im Hintergrund in der Brandung.

Von der Jacht kam Mick schnell gelaufen. Er humpelte nur ganz leicht. „Hey, wartet auf mich."

Christy sah ihm unwillig entgegen. „Du solltest doch im Bett bleiben, Mick."

Mick sah sie treu an. „Glaubst Du, ich lasse Dich mit so vielen Männern allein auf eine Inselexpedition? ... Außerdem. Dieses Zeug, das Du auf meine Wunde getan hast, hat echt ganze Arbeit geleistet. Ich spüre fast nichts mehr."

Travers sah auf seine Uhr. „Also gut, wir müssen jetzt los, wenn wir bei Einbruch der Dunkelheit zurück sein wollen."

Sie marschierten los in Richtung des Waldrandes.

Sie hatten ihn fast erreicht, da geschah es.

Ihre Bewegungen wurden immer langsamer. Wie in Zeitlupe bewegten sie sich vorwärts, während die Wolken über ihnen und der Wind in den Bäumen sich schneller bewegten.

Sie versuchten, sich zuzurufen, doch die Stimmen klangen bassähnlich verzerrt.

Über ihnen wurde es hell und dunkel, als ob mehrere Tage verstrichen.

Dann war der Spuk vorbei.

Die Sonne schien hell und sie standen genau am selben Punkt, von dem sie losgegangen waren.

Nur die Fußspuren, die sie hinterlassen hatten, waren verschwunden.

Travers sah Christy an. „Sehen Sie, ... genau das ist jedes Mal passiert, als wir versuchten, in die Insel vorzudringen.“

Christy drehte sich plötzlich um, so als hätte sie etwas gehört. Sie sah sich suchend um und entdeckt dabei die Pistolen, die einige der Piloten zu ihrer Uniform trugen. Ihr Blick hellte sich auf. „Irgendjemand will nicht, dass wir Waffen auf die Insel mitnehmen.“

Charly sah sie überrascht an. „Woher weißt Du das?“

Christy zuckte mit den Achseln. „Keine Ahnung. Ich weiß es eben. ... Es ist fast so, als hätte es mir jemand zugeflüstert.“

Mick sah Charly ratlos an. „Ich hab nichts gehört. ... Du, Charly?“

Travers warf Christy einen zweifelnden Blick zu. „Wir sollen ernsthaft auf die einzige Möglichkeit verzichten, uns zu verteidigen?“

„Oder anzugreifen“, gab Christy zurück.

Travers blickte unentschlossen zu Boden. Er rang mit sich, schüttelte leicht den Kopf, atmete schwer aus und nickt dann. „Also gut. ... Wir müssen ja endlich mal vorwärts kommen. ... Versuchen wir's.“ Er nickte den anderen Offizieren zu und er und alle Anderen ließen ihre Waffen in den Sand fallen. Dann straffte er die Schultern. „Dann lassen Sie uns feststellen, was Ihre Eingebung wert ist.“

Er ging los.

Die Anderen folgten ihm.

Nichts geschah.

Als er die Stelle erreicht hatte, an der sie vorhin hängen blieben, blickte er sich lauernd um.

Nichts passierte.

Sie gingen unbehelligt weiter, bis alle im Unterholz verschwunden waren.

X

Die Sonne war gerade aufgegangen.

Feine Dunstschwaden wabberten über das Wasser. Auf dem Landedeck der U.S.S. Georgetown wurden sieben Tomcat-Jäger startklar gemacht. Im Hintergrund das offene Meer. Das Schiff befand sich in voller Fahrt. Möven kreisten darüber.

Im Einsatzbesprechungsraum saßen die Piloten, unter ihnen Don Hanson, so wie einige Offiziere des Bodenpersonals, auf mehreren Stuhlreihen vor einem Rednerpult, neben dem eine große Tafel stand. An die Tafel waren mehrere Fotos geheftet.

Admiral Foster trug selbst den Einsatzplan vor. Er stand mit einem Zeigestock in der Hand vor einer Landkarte, die neben der Tafel hing. „Sie überfliegen das Zielgebiet von hier nach hier", er deutete mit seinem Stock auf einen bestimmten Bereich auf der Landkarte. „Halten Sie zwischen Ihren Maschinen etwa zwei Flügellängen Abstand. Und achten Sie auf alle Änderungen in der Instrumentenanzeige. Jedes winzige Detail ist von Bedeutung. Melden Sie sofort alles an die Einsatzleitung."

Don Hanson meldete sich. Foster erteilte ihm mit einem Augenwink das Wort. „Sir, erwarten Sie, dass wir dort oben Probleme kriegen?"

Foster zog eine Augenbraue hoch. „Probleme welcher Art, Hanson?"

„Nun Sir, ich dachte an Probleme der Art wie Flight 19 sie seinerzeit hatte. Sir." Ein Raunen ging durch die Menge. Foster blickte Don scharf an. „Was wissen Sie darüber, Hanson?"

Don hielt seinem Blick stand. „Nun, Sir. Ich erfahre vorhin, dass man meinen Navigator kurzfristig ausgetauscht hat und dass stattdessen Lieutenant. Reynolds mit mir fliegt. Und wie ich weiß, sammelt der alles an Material über Flight 19, das er finden kann. Dann musste ich nur noch eins und eins zusammenzählen."

Plötzlich schien Foster seine Meinung zu ändern. Er nickte entschlossen. „Sie haben Recht, Hanson. Wir rechnen mit Problemen. Und genau deshalb schicken wir Sie da oben rauf. Wir wollen, dass Sie das Gebiet in linearer Formation überfliegen und alles, was passiert, an die Einsatzleitung melden. Wir markieren die Punkte auf einer Karte und werden so möglicherweise in der Lage sein, die Quelle der Störungen genau zu lokalisieren."

„Und wenn wir abstürzen, Sir?", warf Cassidy ein.

„Sie können doch schwimmen, Soldat?", gab Foster zurück. Und mit einem Blick auf Don, „trauen Sie sich das zu, Hanson?"

Don streckte die Brust noch etwas weiter heraus. „Sie können Sich ganz auf uns verlassen, Sir."

„Gut, dann haben Sie das Kommando."

„Danke, Sir."

Alle erhoben sich von ihren Plätzen und steuerten die Tür an.

An Deck gingen die Piloten zielstrebig zu ihren Maschinen und bereits Augenblicke später zischten diese über die Piste und formierten sich in geringer Flughöhe.

X

Die Vegetation auf der Insel war üppig und sehr dicht. Die Gruppe kämpfte sich mühsam durch das Dickicht.

Mit abgeschnittenen Ästen bahnten einige der Piloten einen schmalen Pfad, der, sobald sie durchgegangen waren, hinter ihnen sofort wieder zu wucherte.

Irgendwo in der Nähe rauschte ein Wasserfall.

Sie kamen auf eine kleine Lichtung.

Christy ließ sich erschöpft auf einen umgestürzten Baumstamm sinken. Sie holte ihr Taschentuch heraus und tupfte sich die Stirn trocken.

Mick setzte sich mit besorgtem Blick neben sie.

Travers kam auf sie zu und nickte ihnen entgegen. „Wir müssen weiter. ... Was macht Ihr Bein?"

Mick blickte scheinbar in sich hinein. „Fühlt sich an, als wäre es nie verletzt gewesen."

Sie gingen weiter und brachen nach wenigen Schritten durch das Unterholz und standen direkt vor dem Wasserfall. Ein etwa ein Meter breiter Sturzbach fiel aus etwa dreißig Metern Höhe in ein großes Sammelbecken, von dem aus der Fluss in den Dschungel weiter floss.

Das Wasser in dem Becken war so klar, dass man den Boden sehen konnte. Er schillerte blau-grün und die Sonne brach sich im Wasserspiegel.

Die Piloten, erfreut über die Erfrischung, beugten sich über den Beckenrand und tranken von dem eiskalten Wasser.

Mick blickte sich um und sah gerade noch, wie Christy in das Becken stieg, sich direkt unter den Wasserfall stellte und sich erfrischte.
Ihr T-Shirt war nass, so dass man alles darunter erkennen konnte.

X

Na klar. Das durfte ja nicht fehlen! Tropische Insel und Miss „wet T-Shirt" unterm Wasserfall. Was Besseres ist mir wohl nicht einfallen?

X

Mick ging zu ihr und half ihr, aus dem Becken zu steigen.

Travers kam gerade dazu, als sie sich am Beckenrand niederließ. „M'am. Sie sollten bei dem, was Sie tun nicht vergessen, dass Sie es hier mit jungen Männern zu tun haben. Und ... das hier ... hebt nicht gerade die Moral der Truppe."

„Tut mir leid, aber mir war so heiß. Es wird nicht wieder vorkommen."

„In Ordnung. ... Ich schlage vor, wir gehen irgendwie da hinauf." Er deutete mit dem Kopf zum Wasserfall hinauf. „Von da oben haben wir vielleicht einen besseren Überblick. ... Was meinen Sie?"

Mick sah skeptisch nach oben. „Wenn Sie einen Weg finden, wie wir da rauf kommen, ohne uns den Hals zu brechen, bin ich dabei."

Travers nickte und ging zu den anderen Männern. Sie steckten beratend die Köpfe zusammen. Dann löste sich Travers wieder aus der Gruppe und kam zurück. „Alles klar. Einer meiner Männer ist passionierter Bergsteiger. Er wird neben dem Wasserfall hochklettern und ein Seil oben festmachen. Daran können wir uns dann nach oben hangeln."

„Au weia. Da sind Muskeln gefragt", witzelte Mick.

Travers nickte Christy zu. „M'am. Wenn Sie sich das nicht zutrauen, kann gerne einer der Männer bei Ihnen hier unten bleiben, bis wir wieder zurück sind."

Christy straffte die Schultern. „Kommt überhaupt nicht in Frage. Jetzt habe ich es bis hierher geschafft, da werde ich doch kurz vor dem Ziel nicht so einfach aufgeben."

Travers klopfte ihr auf die Hand. „Tapferes Mädchen."

Mick erhob sich und half Christy beim Aufstehen.

Beide folgten Travers.

Einer der Piloten hielt bereits ein langes Seil in der Hand, das er aufschoss, zusammenband und sich über die Schulter hängte.

Ein letzter Blick nach oben, dann begann er zu klettern.

X

Aus seinem Cockpit sah Don klaren Himmel und kaum Wolken.

Das Meer glitzerte in der Sonne und spiegelte sich in den Gläsern von Don's Sonnenbrille.

Don blickte nach beiden Seiten aus dem Fenster.

Alle Maschinen bewegten sich auf einer geraden Linie.

Don lächelte spitzbübisch. Er drückte den Mikrofonknopf. „Also, Jungs. Ich will eine vorschriftsmäßige Formation sehen, bis wir über dem Zielgebiet sind."

Hinter ihm unterdrückte Lieutenant Reynolds einen Lachanfall.

Der Lautsprecher knackte.

„Soll das'n Witz sein? Wir sind doch schon drüber", rief Cassidy.

„Komm schon, Cass. Spaß muss sein. Das Leben ist ernst genug." Insgeheim stellte Don sich vor, wie sein Vater im Raum der Einsatzleitung gerade an die Decke ging.

„Irgendein Instrumentenausschlag?"

„Nein, nichts", antwortete Cassidy.

Alle anderen Piloten verneinten ebenfalls.

Don warf einen Blick nach unten auf das Wasser. Dort waberte eine dünne Nebelbank wie ein Schleier über die Wellen.

Plötzlich schlugen die Instrumente ungewöhnlich aus.

Der Kompass drehte sich wie ein Windrad und der künstliche Horizont zuckte wild herum.

„Na also …" Don drückte den Mikrofonknopf. „Einsatzleitung, hier Eisvogel 1. Es geht los."

X

Im Kontrollraum standen einige der Offiziere, der Einsatzleiter und Admiral Foster neben dem Radarpult, an dem ein junger Offizier saß.

Dons Stimme kam aus dem Lautsprecher. „Kompass und künstlicher Horizont spielen total verrückt."

Eine weitere Stimme folgte. „Hier Eisvogel 2. Bei mir geht's auch los."

Foster nickte einem Offizier zu, der mit einem Schieber auf einem großen Kartentisch die Positionen markierte.

X

Auf der Insel war die Gruppe gerade oben auf dem Plateau angekommen. Neben ihnen stürzte der Fluss in die Tiefe. Vor ihnen lag das Ende der Insel. Tief unter ihnen klatschte die Brandung gegen die Felsen. Die tropische Vegetation reichte dort fast bis ans Wasser.

Mick setzte sich erschöpft auf den Boden.

Christy sah die Klippe hinunter und dann weiter in die Ferne. Sie drehte sich zur Gruppe um, so als währe ihr plötzlich etwas eingefallen. „Müßte man von hier oben nicht die Jacht sehen können?"

Travers sah sie gespannt an. „Eigentlich schon. … Merkwürdig."

Plötzlich hörten sie lautes Getöse.

Hinter ihnen schossen sieben Tomcat-Jäger heran, zischten über ihre Köpfe hinweg über die Klippe und verschwanden, als wären sie durch eine unsichtbare Wand geflogen.

Die Piloten von Flight 19 sahen erschrocken in ihre Richtung.

Travers fasste es in Worte. „Was war das?"

Mick überlegte kurz, wie er das erklären sollte.

„Sagen wir so", half ihm Christy, „wenn Sie in unserer Zeit leben würden, dann würden Sie solche Maschinen fliegen."

„Dann waren das Jagdmaschinen?"

„Man nennt sie Tomcat, ... oder so ähnlich", fuhr Mick die Erklärung fort. „Was die Dinger allerdings mit einer Katze zu tun haben, dürfen Sie mich nicht fragen."

Christy hakte dort ein. „Naja. Manche sagen auch Starfighter dazu, weil sie scheinbar bis zu den Sternen fliegen können."

X

In der Einsatzleitung drang die Stimme eines weiteren Piloten aus dem Lautsprecher. „Meine Instrumente sind jetzt auch ausgefallen."

Foster nahm das Mikrofon in die Hand. „Eisvogel 1, hier Einsatzleitung. Statusbericht."

Don antwortete umgehend. „Eisvogel 1,2 und 3 Instrumentenausfall. Fliegen weiter über das Zielgebiet. Sonst keine besonderen Vorkommnisse."

Der Mann am Radar meldete sich zu Wort. „Drei Maschinen sind soeben vom Radar verschwunden, Sir."

Don funkte weiter. „Eben sind wir über eine kleine Insel geflogen. Das Meer sieht hier ganz merkwürdig aus."

Foster hakte nach. „Können Sie das näher erklären, Lieutenant?"

„Halten Sie mich nicht für verrückt, Sir, aber das Wasser sieht aus, als ob es ... leuchtet..." Die Offiziere in der Einsatzleitung sahen sich überrascht an, sagten jedoch nichts.

Ein weiterer Pilot meldete sich. „Hier Eisvogel 5. Totaler Instrumentenausfall."

Der Radarmann sprach, ohne von seinen Instrumenten aufzusehen. „Es wird größer, Sir."

Foster stellte sich direkt hinter ihn und sah ihm über die Schulter. „Ich sehe es."

Die Offiziere gingen zum Kartentisch, wo ein Mann gerade ein neues Fähnchen anbrachte.

Foster griff sich grübelnd zum Kinn. „Na ja! Jetzt wissen wir, wo das Gebiet anfängt. ... Wollen wir hoffen, dass wir auch herausfinden, wo es aufhört." Er sah hinüber zum Radar. „Irgendwas von der verschwundenen Jacht?"

Auf der Insel blickte die Gruppe in die Richtung, in der die Tomcat verschwunden waren.

Christy musste sich hinsetzen.

Travers sah sie besorgt an. „Müde?"

„Ein wenig. ... Was ist mit Ihnen? ... Sie sind fast sechzig Jahre von Zuhause entfernt, und wirken so ruhig und ungerührt wie der Felsen von Gibraltar."

Travers lachte humorlos auf. „Alles bloß Disziplin, M'am. ... Selbst wenn ich mich aufregen würde, ... niemand dürfte es bemerken. ... Die Männer müssen sich jederzeit an mir ein Beispiel nehmen können." Er sah sich suchend um.

Mick stand am Abgrund und sah grübelnd hinunter. Mit dem Fuß stieß er einen Stein an. Der Stein verschwand über dem Abgrund, ohne hinunterzufallen. „Ich glaub, mich trifft der Schlag!"

Travers stand augenblicklich neben ihm. „Was ist los?"

„Ich bin mir noch nicht sicher." Suchend blickte er sich um. Er fand einen abgebrochenen Ast, hob ihn auf, holte weit aus und warf ihn mit aller Kraft über die Klippe.

Der Ast fiel nicht hinunter, sondern verschwand in einer unsichtbaren Wand, wie zuvor der Stein.

Travers hatte es ebenfalls genau gesehen. „Ich denke, das dürfte der Beweis sein, der uns gefehlt hat."

Mick nickte entschlossen. Er ging auf Christy zu, nahm sie an der Hand und zog sie hoch. Dann ging er mit ihr auf den Abgrund zu. Kurz davor blieb er stehen und drehte sich zu ihr. „Vertraust Du mir noch?"

Christy sah ihn an. „Ja. ... Wieso?"

„Weil ich jetzt etwas völlig verrücktes vorhabe."

„Ganz gleich, was es ist. Ich bin dabei."

Mick sah ihr tief in die Augen. „Ich liebe Dich." Sie lächelte ihn an. „Schön dass Du es endlich zugibst. Ich Dich nämlich auch."

Mick hielt ihre Hand ganz fest, atmete tief durch, schloss die Augen und ging los. Vorsichtig setzten sie einen Fuß vor den anderen.

Alle Piloten außer Travers stürzten auf sie zu, wollten verhindern, dass sie abstürzen.

Dann waren sie verschwunden.

Entsetzt stürzten die Männer auf den Abgrund zu und sahen hinunter. Unten war nichts außer Wasser. Verblüfft sahen sie sich an, während Travers wissend vor sich hin grinste.

Mick und Christy öffneten die Augen. Vor ihnen lag ein Fluss, der sich durch undurchdringlichen Dschungel schlängelte. In der Ferne sahen sie ein riesiges gläsernes Kuppeldach, das die Sonnenstrahlen brach und zurückwarf, wie ein geschliffener Diamant.

Mick ließ Christys Hand los. „Ich glaube, wir haben es geschafft. ... Du bleibst hier, ich hole die Anderen."

Christy nickte dankbar.

Mick drehte sich um und verschwand in der bläulich schimmernden Wand hinter ihm.

Christy setzte sich erschöpft auf einen Stein und war augenblicklich eingeschlafen.

Plötzlich erklangen knirschende Schritte auf dem Sand. Jemand näherte sich. Christy wurde hochgehoben und weggetragen. Ein weißes Hovercraft entfernte sich fast geräuschlos.

Aus der blauen Wand tauchten mehrere Gestalten auf.

Mick ging zu der Stelle, an der er Christy zurückgelassen hatte und sah sich suchend um. „Christy?"

Plötzlich stand ein blondhaariger, junger Mann vor ihm.

Er trug eine blaue Strähne im Haar.

Es war Ken.

Er trug jetzt einen metallisch glänzenden Overall und einen Gürtel mit verschiedenen Instrumenten um die Hüfte. „Mein Name ist Ken. ... Ich darf Sie auf Atlantis willkommen heißen." Er lächelte verbindlich.

Mick hielt sich nicht mit der Vorrede auf. „Hören Sie, Ken. Wir vermissen eine junge Frau. Sie war eben noch hier."

„Sie ist in Sicherheit. Es geht ihr gut. Machen Sie Sich keine Sorgen. ... Sie ist übrigens meine Schwester."

Mit einer einladenden Handbewegung deutete er auf ein scheinbar über der Erde schwebendes Fahrzeug. Es war ein weißes Hovercraft, so groß wie ein Bus, nur flacher. „Wenn Sie mir bitte folgen wollen."

Eine Luke öffnete sich. Innen warteten weitere Atlanter, Frauen und Männer, genau wie Ken gekleidet. Die Frauen trugen die gleichen Ketten wie Christy. Die Männer trugen den Stein als eine Art Armbanduhr.

Beim Einsteigen trafen sich die Blicke von Charly und der Frau, die neben der Luke stand. „Kennen wir uns nicht?"

Die Frau lächelte, sagte jedoch nichts. Sie deutete auf einen Sitzplatz.

Charly setzte sich folgsam.

Als alle eingestiegen waren, ging Ken nach vorne, betätigte ein paar Apparaturen. Die Luke schloss sich und das Fahrzeug schwebte los.

Plötzlich fingen bei allen Besatzungsmitgliedern die Steine an zu leuchten. Bestürzt blickten sie sich gegenseitig an.

Mick sah Ken fragend an. „Ken. Ist etwas passiert?“

„Alarm. ... Jemand dringt in unsere Hoheitsgewässer ein. Das kann für die Betroffenen sehr gefährlich werden. ... Wir müssen uns beeilen.“

X

Hat jemand den Höhepunkt bemerkt?

X

Die Sonne stand tief. Don sah durch seine Windschutzscheibe offenes Meer vor sich. Die Instrumente traten wieder in Funktion. Don betätigte den Mikrofonknopf.

X

In der Einsatzzentrale auf der U.S.S. Georgetown herrschte geschäftiges Treiben. Schwach tauchten auf dem Radarschirm die winzigen Punkte von Don’s Schwarm wieder auf.

„Einsatzleitung, hier Eisvogel 1. Meine Instrumente zeigen wieder was an.“

„Hier Eisvogel 3, meine jetzt auch.“

Alle Piloten bestätigten nacheinander.

Ein Offizier steckte die Fähnchen auf den Kartentisch.

Die Admiräle sahen sich überrascht an.

Foster fand als erster seine Sprache wieder. „Mein Gott, es ist rund. ... Also kann es unmöglich ein natürliches Phänomen sein.“

X

Don sah immer noch offenes Meer vor sich. Er blickte auf die Uhr, überprüfte dann seine Instrumente.

Er warf einen prüfenden Blick zur Seite, wo die anderen Maschinen ruhig neben ihm flogen. „Andy?“

Reynolds antwortete sofort. „Was gibt’s?“

„Sag mir, wie weit wir vom Schiff entfernt sind.“

„Drei Minuten etwa. ... Wieso?“

„Junge, Junge. ... Ich denke wir kriegen Probleme. ... Cassidy?“

X

In der Einsatzzentrale der Georgetown ertönte Cassidy's Stimme aus dem Lautsprecher. „Was ist?“

„Sag mir, was Du siehst“, war Don zu hören.

„Die Jungs, ein paar Wolken, und ne Menge Wasser. ... Wieso?“

„Das hab ich mir gedacht. ... Einsatzleitung für Eisvogel 1, bitte kommen.“

„Hier Einsatzleitung. Was gibt es, Eisvogel 1?“

„Habt Ihr uns auf dem Schirm? Ich meine ... sind wir noch auf Kurs?“

Die Admiräle standen immer noch um den Kartentisch. Einer der Radaroffiziere trat näher. „Sir, Es gibt Probleme.“

Foster drehte sich vom Kartentisch weg und ging zum Radarpult. Die anderen folgten ihm.

Der Radarmann antwortete gerade dem Geschwaderführer. „Wir haben Sie auf dem Schirm, Eisvogel 1. Die Jungs an Deck können Sie bereits sehen.“

„Oh, das trifft sich wirklich gut“, antwortete Don mit ironischem Lachen. „Wir sehen Euch nämlich nicht!“

Admiral Hanson ergriff aufgebracht das Mikrofon. „Was soll das, Don!?! Das ist jetzt nicht die Zeit für Deine albernen Scherze!“

Foster ging dazwischen. „Eisvogel 1, hier Admiral Foster. Sie haben uns jetzt fast erreicht. Sie müßten uns sehen. Bitte bestätigen Sie.“

„Negativ, Admiral. Wir sehen nichts als Wasser. ... Sir?“

„Ja, Leutennant.“

„Besteht die Möglichkeit, dass wir, als wir das Störgebiet überflogen haben, Irgendetwas mitgerissen haben?“

Foster überlegte. „Wir wissen zu wenig über das Phänomen, um das beantworten zu können. Aber meiner Meinung nach dürftet Ihr Euch dann gegenseitig auch nicht mehr sehen.“

„Das tun wir aber. ... Zum Glück“, antwortete Don.

„Ja. ... Wir sehen uns“, antworteten auch die anderen Piloten.

„Wie auch immer. Irgendwie müssen wir Sie da wieder runter kriegen. ...“

„Darf ich etwas vorschlagen, Sir?“

„Tun Sie das, Hanson.“

„Nun Sir, ich denke unser Problem ist nicht so unlösbar, wie es aussieht. ... Ich meine, ... wir sehen Euch zwar nicht, aber dafür könnt Ihr uns sehen.“

„Und weiter?“

„Wir brauchen nur jemanden, der uns runter sprechen kann. So wie bei einer Nachtlandung, wenn wir Instrumentenausfall simulieren.“

„Warum ist uns das nicht eingefallen? … Also gut, … Sie kriegen unseren besten Mann.“

„Ich hatte nichts anderes erwartet, Sir.“

„Behalten Sie Kurs und Geschwindigkeit bei, wir melden uns gleich vom Tower wieder.“

„Roger.“

X

Im Tower war lautes Flugzeuggeräusch zu hören, das sich wieder entfernte. Die Admiräle und übrigen Offiziere betraten gerade den Raum.

Foster wandte sich an Don's Navigator Hank Ellis, der ebenfalls anwesend war. „Wo sind sie jetzt?“

„Sie sind gerade über uns rüber geflogen, Sir.“

Foster sah den Einsatzleiter Frank Willis an. „Es ist Ihre Entscheidung, Frank.“

Willis griff zum Mikrofon. „Eisvogel1, hier spricht der Einsatzleiter. Sie haben grünes Licht. … Ich habe hier Ihren Navigator. Er ist bereit, Sie runter zu sprechen. … Sind Sie damit einverstanden?“

„Ich bin mit allem einverstanden, Sir. … Hank?“

Hank nahm das Mikro. „Hier Mutterhenne. Was gibt's, Baby Küken?“

„Nach meiner Uhr müssten wir euch bereits passiert haben. Ist das korrekt?“

„Roger. … Wieso?“

„Weil es für einen Augenblick so aussah, als wäre ich auf dem Leitstrahl.“

„Na wenigstens etwas. Wenn ich Dich auf den Leitstrahl setzen kann, ist alles gelaufen.“

„Du sagst es, Kumpel.“

„Also, dann lass uns keine Zeit verlieren. …“

X

Auf dem Landedeck waren alle in Alarmbereitschaft. Männer in Asbestanzügen standen mit Schläuchen bereit zum Löschen.

Aus einem Schott trat Admiral Hanson. Gebannt starrte er auf die erste anfliegende Maschine. Zwei Matrosen, die in der Nähe standen, nahmen Haltung an, als er an ihnen vorüberging. Die Matrosen flüsterten hinter ihm miteinander.

Einer der Männer im Asbestanzug hielt Admiral Hanson zurück. „Nicht weiter, Sir. Es könnte schief gehen. Dann fliegt uns hier alles um die Ohren.“

Alle blickten gebannt nach oben. Die Maschinen befanden sich im Landeanflug. Eine Alarmsirene ertönte.

Admiral Hanson drehte sich um und verließ das Landedeck.

Wie Perlen an einer Schnur kamen die Maschinen heran. Jede Flugbahnkorrektur der ersten Maschine wurde von den folgenden Maschinen wiederholt.

Don's Maschine setzte auf. Der Fanghaken griff. Sofort steuerte er seine Maschine beiseite. Die nächste Maschine war dichtauf und bereits auf der Bahn.

Eine nach der anderen landeten die Maschinen genau auf dem Punkt.

Als sich die Cocpits öffneten und die Piloten unversehrt ausstiegen, brach unbeschreiblicher Jubel los.

X

Im Sitzungssaal des atlantischen Rates sah man auf einem riesigen Bildschirm an der Wand das Landedeck der U.S.S. Georgetown. Don und Hank umarmten sich, die Mannschaft jubelte.

Vor dem Bildschirm stand ein alter, atlantisch gekleideter Mann. Er hob die Hand und der Bildschirm wurde ausgeschaltet glitt nach oben und verschwand in einer Öffnung in der Decke.

Der Raum wurde hell. Er war kreisrund. Die Sitze der Ratsmitglieder waren in aufsteigenden Ringen um die freibleibende Mitte angeordnet.

Nicht alle Plätze waren besetzt. Ramses und seine Frau befanden sich unter den Anwesenden. Sie trugen jetzt eine grüne Strähne im Haar, während die Ratsmitglieder, ebenso wie Aaron, weißes Haar trugen.

Aaron sah seine Kollegen einen nach dem Anderen an. „Wir müssen sofort etwas dagegen unternehmen. ... Wir können es nicht riskieren noch mehr Fremde in unsere Stadt zu lassen, die uns bei der Ausführung unserer Aufgabe behindern.“

„Das halte ich für keine gute Idee." Aaron drehte sich in Richtung des langen Ganges, von wo Christys Stimme gekommen war. Christy kam den Tunnel unter den Sitzreihen entlang, bis sie Aaron gegenüber stand.

„Wie lange hast Du schon dort gestanden, Kind?", fragte Aaron und sah väterlich auf Christy herunter.

„Lange genug, um zu hören, was ich hören musste", antwortete Christy ungerührt.

„Aber Du weißt nicht einmal einen Bruchteil dessen, was Du wissen musst, um diese Situation richtig beurteilen zu können", entgegnete Aaron.

„Dann erkläre es mir, Großvater, ... denn ich werde nicht eher weggehen."

„Erklären Sie es am Besten uns allen." Mick und die gesamte Besatzung von Flight 19 formierte sich geschlossen hinter Christy.

Aaron hob die Hände, als wäre eine Waffe auf ihn gerichtet und gab sich geschlagen. „Der Boden, auf dem Ihr steht, liegt von Eurer Zeitrechnung aus betrachtet, etwa dreitausend Jahre in der Zukunft."

Er machte eine Pause, um seine Worte wirken zu lassen. „Irgendwann in unserer Vergangenheit, also Eurer Zukunft, hat sich eine ökologische Katastrophe ereignet, die etwa neunzig Prozent allen Lebens auf der Erde ausgelöscht hat. ... Diese Insel", er machte eine ausgreifende Handbewegung, „ist das letzte Bisschen Leben, das noch übrig ist. Und unsere Stadt hier, ist der letzte Rest Zivilisation, der auf diesem Planeten noch existiert."

Er begann im Saal herumzuwandern, während er sprach. „Auf unseren Forschungsmissionen reisen wir in verschiedene vergangene Zeitepochen. Zum einen um genetisches Material zu sammeln, um auf der Erde wieder ein funktionierendes Ökosystem aufzubauen. Zum anderen, um herauszufinden, was zu dieser Katastrophe geführt hat. ... Die Aufzeichnungen über unsere Vergangenheit sind leider sehr vage. Das Meiste ist verloren gegangen. ... Einiges an Informationen konnten wir aus alten Datenspeichern retten. Aber das Meiste mussten wir mühsam zusammentragen. Und wir stehen immer noch am Anfang."

„Ja, aber dann lasst Euch doch von der Außenwelt helfen. Ganz offiziell, meine ich." Christy wirkte so unschuldig und zerbrechlich, wie sie da vor Aaron stand und den Kopf in den Nacken warf, als wollte sie einer ganzen Herde wild gewordener Nashörner trotzen.

„Und wenn unsere Technologie in die falschen Hände gelangt?", erwiderte Aaron eindringlich. „Ich finde, die Menschen da draußen sind einfach nicht reif, für einen Kontakt mit einer Welt wie dieser."

„Und wenn Du Dich irrst? ... Möglicherweise sind diese Menschen da draußen reifer, als Du denkst. ... Ich habe unter ihnen gelebt. Ich weiß, wovon ich rede. ... Aber Ihr werdet es nie herausfinden, wenn Ihr nicht dort hinausgeht, und es versucht. Ihr könnt Euch nicht länger hier auf der Insel verkriechen. Ihr solltet endlich da hinausgehen und etwas unternehmen, damit diese ökologische Katastrophe, von der Du gesprochen hast, gar nicht erst passiert.“

Ramses stand auf. „Ich finde, sie hat Recht, Vater.“

Aaron warf einen zweifelnden Blick in die Runde. „Aber wenn wir uns in diese Zeit einmischen, erzeugen wir ein Paradox und gefährden womöglich unsere eigene Existenz.“

„Schwierige Frage“, ließ sich plötzlich Käpt’n. Travers vernehmen, der der Auseinandersetzung sehr aufmerksam gefolgt war. „Klingt wie das Großvater-Paradoxon.“ Er ließ seine Worte einfach im Raum stehen.

„Großvater-Paradoxon?“ Mick sah Aaron fragend an.

„Das Großvater-Paradoxon, mein junger Freund, beschreibt ein Zeitreise-Phänomen. ... Mal angenommen ich reise in die Vergangenheit und treffe dort meinen Großvater, als der noch ein junger Mann ist. ... Und aus irgend einem Grund, ... ob Absicht oder nicht sei jetzt mal dahin gestellt, ... töte ich meinen Großvater. ... Er wird also niemals heiraten und Kinder zeugen. Und wenn er keine Kinder hat, dann werde ich niemals geboren. ... Und wenn ich niemals geboren wurde, ... wie kann ich in die Vergangenheit reisen und meinen Großvater töten?“

„Und was ist mit der Möglichkeit einer alternativen Realität?“, warf Christy ein. „Das, was Ihr hier tut, hat möglicherweise auf Eure Realität gar keinen Einfluss, weil Einstein sich womöglich geirrt hat. ... Was ist, wenn Jene Recht haben, die behaupten, dass jede Entscheidung, die wir treffen, eine neue Realität erschafft? Wie in einer Schüssel voller Seifenblasen. Und dass es ebenso viele alternative Realitäten wie Alternativen gibt?“

Aaron griff sich nachdenklich ans Kinn. „Und was sollten wir Eurer Meinung nach jetzt tun?“

X

Auf der Helikopterlandefläche der U.S.S. Georgetown stand Admiral Hanson wartend neben der Treppe zur Landefläche.

Don näherte sich. „Sie haben mich rufen lassen, Admiral Hanson, Sir?“ Er nahm Haltung an. Sein Vater drehte sich langsam und überlegt um. Er sah Don lange und forschend in die Augen. Don erwiderte seinen Blick ungerührt.

„Ich muss mit Dir reden, Don.“ „Ich wüsste nicht, was wir beide zu bereden hätten, Sir!“, erwiderte Don heftig.

„Ich weiß, Du denkst, ich hätte etwas gegen Deine Beziehung zu Thanee Wilson, und dass ich deshalb dafür gesorgt habe, dass Du auf die Georgetown kommst, um Dich von ihr fernzuhalten.“

„Ist es nicht so?! ... Zuerst lässt Du Mutter mit zwei kleinen Kindern sitzen. ... Und dann tauchst Du nach Jahren wieder auf und kehrst den Vater heraus. ... Was denkst Du eigentlich wer Du bist?!“ Don drehte sich heftig um.

Hanson legte eine Hand auf das Geländer und sah auf das Meer hinaus. „Ich bin ein Hanson ... genau wie Du. ... Ich habe bereits mehrfach versucht, mit Dir darüber zu sprechen. ... Aber Du hörst nie richtig zu.“

Don sah, dass Hank sich näherte und ihnen fragend ansah. Er hob die Hand um ihn am Weitergehen zu hindern. Dann drehte er sich besonnen wieder um und sah zum ersten Mal seinen Vater mit offenem Blick an. „Okay, ich höre!“

Hanson legte sich die Worte sehr genau zurecht. „Deine Mutter und ich haben sehr früh geheiratet, wie Du weißt. Wir waren jung, verliebt und, ich gebe es zu, ziemlich verrückt. ... Ich kam gerade von der Akademie und hatte eine sichere Laufbahn vor mir. ... Ich steckte meine ganze Energie in die Karriere um uns einen gewissen Lebensstandard zu sichern. Und Deine Mutter steckte ihre ganze Energie in das Haus und in Euch Kinder.“

Er setzte sich auf die Treppe während er weiter sprach. „Mit den Jahren lebten wir uns auseinander. ... Wir gaben uns gegenseitig die Schuld für das, was wir glaubten versäumt zu haben und stritten nur noch. Als wir uns schließlich getrennt hatten, besserte sich unsere Beziehung etwas. ... Wir konnten zumindest wieder ein Gespräch führen, ohne uns gleich gegenseitig an die Kehle zu gehen.“

Er begann sich die Hände zu reiben, so als wären sie plötzlich eiskalt geworden. „Alles was ich versuche, Dir klarzumachen, Don, ist dass Du Dir Zeit lassen sollst. ... Ich möchte nicht, dass Du, ... Dass Ihr den gleichen Fehler macht, wie Deine Mutter und ich.“

„Warum hast Du nur damals nie mit mir darüber gesprochen? Ich hab doch gemerkt, dass etwas nicht stimmt.“

Hanson blickte zu Boden. „Ich dachte, Du würdest es schon verstehen."

Don beugte sich leicht zu seinem Vater hinunter. „Ich war erst neun, Dad. ... Was erwartest Du? ... Ich dachte immer, Du wärst meinetwegen fort gegangen. ... Ich dachte, ich bin Schuld, dass Mutter jede Nacht weint. Und ich dachte ich müsste nur genug Unsinn anstellen, damit Du wiederkommen würdest um mich zu bestrafen. Egal. ... Du währst wenigstens wieder da und Mutter würde nicht mehr weinen."

Er sah auf das Meer hinaus. „Aber Du bist nicht gekommen. Und mich hat man nie wirklich zur Verantwortung gezogen, weil mein Name Hanson ist. ... Und dafür habe ich Dich gehasst."

Er sah seinen Vater wieder voll an. „Weißt Du, dieser Name ist ein Freibrief. ... Es ist beinahe wie ein Fluch. Ich kann buchstäblich alles machen, was ich will, nur weil ich der Sohn von Admiral Hanson bin. ... Aber ich will das nicht!"

Hanson stand langsam auf und hielt den Blick seines Sohnes fest. „Nun, ... ich schätze, ... mit Deiner Leistung heute hast Du Dir Deinen eigenen Namen gemacht! ... Weißt Du, ... Du kannst verdammt gut sein, wenn Du nur willst. Und Deine Vorgesetzten wissen das. ... Ich nehme an, sie lassen Dir deswegen manches durchgehen."

Er zog einen Briefumschlag aus der Tasche und drückte ihn Don in die Hand. „Er ist von Thanee", antwortete er auf Dons erstaunten Blick. „Sie hat ihn mir mitgegeben, als ich sie letzte Woche besuchte. ... Ein nettes Mädchen. ... Und bildhübsch noch dazu. ... Ich kann verstehen, dass Du sie liebst."

Don nahm den Brief und steckte ihn ein.

Hanson warf seinem Sohn noch einen versöhnlichen Blick zu und verließ dann schnellen Schrittes das Deck.

Hank kam herüber und sah Don forschend an. „Waffenstillstand?"

Don, überrascht über die plötzliche Wendung in seinem Leben, holte den Briefumschlag wieder aus seiner Jackentasche hervor und starrte ihn versonnen an. „Könnte man so sagen", antwortete er nach einer kleinen Ewigkeit.

Beide drehten sich so, dass sie nebeneinander auf das Meer sehen konnten und ließen ihre Blicke in die Ferne schweifen. Zwei Freunde, die keine Worte brauchten, weil alles bereits gesagt war.

Die Sonne begann bereits ihren Abstieg zum Horizont und tauchte alles in ein schmeichelndes Licht. Die Wellen des Meeres schienen sich ebenfalls bereits auf die bevorstehende Nacht vorzubereiten. Alles war friedlich und still.

Dies sollte sich jedoch in Kürze ändern.

X

Die Sache mit dem Künstler-Namen.
Viele große und auch viele weniger große Schriftsteller haben, genau wie viele Schauspieler, einen Künstler-Namen.

Nicht, dass ich mich auch nur im Entferntesten mit denen messen wollte, so machte ich mir doch schon meine Gedanken darüber, unter welchem Namen ich meinen ersten Roman herausbringen wollte.

Meinen eigenen Namen konnte ich unmöglich nehmen. Wie ich im allwissenden Internet herausfand, gab es bereits eine Dame, die unter „meinem Namen" Bücher veröffentlichte. Und das waren Bücher mit Themen, die ich nicht unbedingt mit mir in Zusammenhang gebracht haben wollte. Auch meinen Mädchen-Namen konnte ich nicht nehmen wegen des gleichen Problems.

Also suchte ich nach einem Namen, der sowohl meinem Geschmack für gutklingende Namen, als auch meinem Fable für Fantasy und Science Fiction gerecht wurde. Der Name sollte wie der Rote Faden in meinem Leben sein.

Ich entschied mich für Madison als Vorname. Sie kennen doch sicher die Madison aus Splash, die Meerjungfrau, die sich in einen Menschen verliebte? Als Nachname entschied ich mich für Archer. Das ist der Nachname des ersten Kapitäns des ersten Raumschiffes Enterprise. Und da ist er, der rote Faden. Denn diese Fernsehserie hat wie keine andere meine Denkweise geprägt.

Was von meinem eigentlichen Namen noch übrig blieb ist das S. Wie mein richtiger Name ist? Sie dürfen gerne raten … ☺

X

Am selben Abend hatten Don und Hank sich gerade auf den Weg zur Offiziersmesse gemacht, als Don plötzlich wie angewurzelt stehen blieb und den Horizont anstarrte. „Das glaube ich nicht!"

Hank sah es ebenfalls. Im nächsten Augenblick ertönte auch schon die Alarmsirene. Eine bläulich schimmernde Energiewand dehnte sich von einer kleinen Insel am Horizont kommend immer weiter in Richtung der Georgetown aus. In Windeseile hatte sie das Schiff erreicht und verschluckt. Und plötzlich war die Insel nicht mehr nur ein kleiner Schatten am Horizont. Sie war groß und näher, als zuerst anzunehmen war.

Etwa genau in der Mitte der Insel war eine riesige Glaskuppel zu sehen, die schimmerte, wie ein geschliffener Diamant. Aus dem Schatten der Insel lösten sich in diesem Augenblick mehrere Flugobjekte.

X

Im Tower waren die Admiräle alle zu den Fenstern gegangen und versuchten noch, die Bedeutung dieses Schauspiels einzuschätzen, da knackte der Lautsprecher.

„Hier spricht Käptn Garry Travers, Geschwaderführer Flight 19. ... Wir bitten um Landeerlaubnis."

Der Offizier vom Dienst reichte Admiral Foster ein Fernglas.

Foster konnte die sich nähernden TBM-Avenger-Bomber und das Martin-Mariner-Flugboot deutlich vor der Kulisse der Insel sehen. Er gab das Fernglas an Andy Reynolds weiter.

Reynolds sah prüfend hindurch, sah sich jede einzelne Maschine genau an, setzte das Fernglas ab und nickte dann andeutungsweise.

Foster ergriff das Mikrofon. „Hier spricht Admiral Foster, U.S.S. Georgetown. ... Wir können Sie nicht landen lassen, Pilot. ... Wie können wir sicher sein, dass Sie auch wirklich Sie sind?"

Ein Augenblick herrschte Funkstille.

„Sie haben nur mein Wort, Sir. ... Das Wort eines Offiziers der Marine der Vereinigten Staaten von Amerika. ... Da wo ich herkomme, Sir, ... war dieses Wort mal etwas wert."

Foster drehte sich und blickte zweifelnd von Reynolds zu Hanson. Der zuckte mit den Achseln. „Es ist Dein Schiff."

Foster sah wieder zum Fenster hinaus, straffte dabei die Schultern und traf seine Entscheidung.

X

Auf dem Landedeck blickten alle gebannt den anfliegenden Maschinen entgegen.

Die TBM-Avenger-Bomber und das Martin-Mariner-Flugboot formierten sich hintereinander und begannen mit dem Landeanflug.

Nach der geglückten Landung aller Maschinen kam zuerst ein MP-Empfangskomitee auf das Deck und schirmte die Piloten von der neugierig sich nähernden Mannschaft ab.

Admiral Foster, in Begleitung der anderen hohen Offiziere des Schiffes betrat die Landebahn.

Aus der Gruppe der Gelandeten löste sich ein Mann und trat Foster entgegen, Garry Travers. Er und Foster sahen sich Augenblicke lang nur an; abschätzend, lauernd.

Dann hob Foster langsam die Hand und reichte sie Travers zum Gruß.

„Willkommen an Bord.“

Travers grinste breit. „Wir sind froh, endlich wieder amerikanisches Hoheitsgebiet zu betreten.“

Foster sah sich die Gesichter der Männer an und wandte sich dann wieder an Travers. „Wie alt sind Sie jetzt, mein Junge?“

„Sie werden mir sicher nicht glauben, Sir, ... aber für mich ist heute der 10. Dezember 1945. ... Macht das für Sie irgendeinen Sinn?“

„O ja, ... den macht es. ... Wir sind froh, Sie wieder bei uns zu haben. ... Willkommen Zuhause, Männer.“

Wie auf Kommando brach ein unbeschreiblicher Jubel los. Männer, die sich vorher nie begegnet waren umarmten sich wie Brüder.

Nach einer Weile, als endlich wieder Ruhe eingekehrt war, wandte Travers sich wieder an Foster. „Admiral Foster, Sir. ...Ich würde Ihnen gerne ein paar Freunde vorstellen, ... wenn Sie erlauben.“

Foster vollführte eine einladende Handbewegung. Daraufhin zog Travers einen blauen Kristall aus der Tasche und hielt ihn kurz hoch über den Kopf.

Im selben Augenblick erschien direkt über dem Schiff eine riesige runde Scheibe. Und aus einer Öffnung an ihrer Unterseite kam scheinbar von einem Lichtstrahl festgehalten etwas Großes auf die Männer zu. Langsam zeichneten sich die Umrisse der Jacht vor der hellen Öffnung ab und Augenblicke später setzte die Christy II auf dem Landedeck geräuschlos auf.

Auf dem Vorderdeck der Jacht standen Christy, Mick, Aaron, Ramses und Kira, Ken und Charly.

Andrew Reynolds drehte sich zu Foster und flüsterte „Sir, das sieht aus wie die verschwundene Jacht.“

„Ich schätze, das ist sie“, raunte Foster zurück.

Aaron lächelte weise und nickte Foster zu. „Ich hoffe nicht, dass Sie uns gefangen nehmen wollen. … Damit würden Sie gegen international geltendes Recht verstoßen.“

Ein Wink von Foster genügte, schon wurden Treppen an der Jacht angebracht.

Er lächelte Aaron offen an. „Ich habe keinesfalls vor, Sie gefangen nehmen zu lassen. Sie haben uns unser Eigentum zurückgebracht. Daher möchte ich gerne annehmen, dass Sie in friedlicher Absicht hier sind. … Seien Sie meine Gäste an Bord der U.S.S. Georgetown.“

Zwei Matrosen halfen den Leuten auf der Jacht beim herabsteigen. Nachdem alle an Deck der Georgetown standen, streckte Aaron Foster die Hand entgegen. Der Admiral ergriff sie.

„Willkommen an Bord, … wer immer Sie auch sind.“

„Seien Sie gedankt, junger Freund. … Mein Name ist Aaron. … Ich bin der gewählte Sprecher des Ältestenrates von Atlantis. … Wir sind gekommen um Verhandlungen zu führen, die für die Zukunft dieses Planeten von einiger Bedeutung sein dürften.“

Foster sah in die Runde. Er fixierte Christy und Mick. „Sie beiden müssen die verschwundenen Fotografen sein. … Wer von Ihnen beiden hat diese Maschinen fotografiert?“

Mick trat vor „Das war ich.“

Foster schmunzelte „Unter Einsatz Ihres Lebens, kann ich mir vorstellen.“

„Nun, … wie Sie sehen, lebe ich noch“, antwortete Mick trocken.

Foster wandte sich wieder an Aaron. „Ich schlage vor, wir gehen erst mal in den Konferenzraum.“ Er machte eine einladende Handbewegung. Aaron und die Anderen folgten ihm in das Innere des Schiffes. Ebenso die Besatzung von Flight 19.

Die Decksoffiziere blieben alleine zurück. Sie sahen sich verblüfft an. Einer von ihnen sprach die Frage aus, die allen auf der Zunge lag,

„Und wie kriegen wir die Jacht hier wieder runter?“

X

Später in der Offiziersmesse saß Don an einem der langen Tische, ein Tablett mit undefinierbarem Essen vor sich und las den Brief, den sein Vater ihm gegeben hatte.

Hank und Andy, beide Tabletts in den Händen, kamen hinzu und setzten sich rechts und links von Don.

„Haste schon gehört, was die mit uns vorhaben? … Andy hat es gerade erzählt. … Aber wie ich die Jungs kenne, ist das schon im ganzen Schiff rum.“ Hank neigte verschwörerisch den Kopf zu Don. „Die Staatsoberhäupter der ganzen Welt kommen hierher ... zu uns auf die Georgetown. ... Von hier geht es dann weiter nach Atlantis, ... zu Friedensverhandlungen – oder so. ... Und weißt Du, wie die die dazu gekriegt haben?“

Don ließ den Brief sinken. „Ich schätze, wenn ich Dich nicht erzählen lasse, platzt Du gleich.“

Hank schob sich einen Löffel voll ‚Irgendwas‘ in den Mund und mampfte genüsslich, während er weitersprach. „Ganz recht. ... Also hör zu. ... Die haben einfach gesagt, sie nehmen die Georgetown ... unser ganzes Schiff ... mit allen Menschen, die drauf sind, als Geisel.“

„Wundert mich, dass der Alte darauf eingegangen ist“, entgegnete Don.

Reynolds sah von seinem Teller auf, „Nicht sofort, ... aber er wurde überstimmt.“

„Ich war noch nie ne Geisel“, grinste Hank.

Don sah ihn mit gespielter Neugier an, „Und, ... wie fühlst Du Dich?“

„Auch nicht anders als vorher.“

„Siehst Du“, entfuhr es Don leicht gereizt. „Außerdem wusste ich das schon. ... Aber was Du noch nicht weißt ist, dass unsere Staffel die hohen Herrschaften nach Atlantis begleiten soll.“

Reynolds sah ihn erschrocken an. „Das dürfen Sie doch noch gar nicht wissen. ... Wer hat Ihnen das erzählt?“

„Admiral Hanson, mein Vater!“

„Scheint mit Deinem Alten wieder alles in Ordnung zu sein“, meinte Hank mit vollem Mund. „Hat er Dich weichgemacht, oder Du Ihn?“

„Sagen wir, es steht unentschieden! ... Jedenfalls reden wir wieder miteinander.“ Don hob den Brief an und fing wieder an zu lesen.

Hank und Andy ließen sich ihr Abendessen schmecken. Freizügig hantierten sie mit Pfeffer und Salz, reichten es sich um Don herum zu, bis Don die Lust am Lesen verlor, laut ausschnaubte, den Brief zusammenfaltete und in seine Jacke steckte.

Hank grinste breit, dass Don lachen musste.

X

Tage später auf dem Landedeck. Das Wetter war gut. Die Sonne schien. Das die schimmernde Unterseite des seitlich vom Landedeck schwebenden Raumfahrzeugs der Atlanter warf spiegelnde Lichtreflexe auf die Landebahn.

Auf dem Deck standen Offiziere und Matrosen, sauber und adrett gekleidet, in Reih und Glied.

Eine Musikkapelle stand bereit.

Hanson und Foster standen vor den Piloten der Staffel, die von Don angeführt wurde. Gleich daneben die Piloten von Flight 19, vor denen die Atlantische Abordnung Aufstellung genommen hatte..

Alle Blicke richteten sich zum westlichen Horizont. Von dort näherten sich mehrere große Helikopter.

Hanson wandte sich an Foster. „Das war schon eine reife Leistung, das Schiff in zwei Tagen hoffähig zu machen."

„Das kann man wohl sagen", gab Foster zurück. „Die Decksplanken hier sind so sauber wie die Arbeitsfläche in der Kombüse. ... Man könnte vom Fußboden essen."

„Na, ... aber es muss nicht sein. ... Achtung ... sie kommen."

Die Helikopter flogen in einer lang gezogenen Schleife über das Landedeck.

Sie landeten nebeneinander.

Eine leichte Brise wehte, als die Staatsoberhäupter ausstiegen.

Die Kapelle fing zu spielen an.

Mit dem gebotenen Zeremoniell wurden die hohen Gäste die Ehrengarde entlanggeleitet. Vor der Atlantischen Abordnung blieben die Gäste stehen.

Admiral Foster stellte Aaron den Gästen vor. Der fasste sich kurz und lud die Gäste ein, umgehend nach Atlantis aufzubrechen. Deren Einverständnis voraussetzend hob er seinen Kristall hoch. An der Unterseite des Ufo's öffnete sich eine kreisrunde Luke. Ein blauer Energiestrahl traf das Deck und die Ufo-Fluggäste verschwanden vor den Augen der Umstehenden .

X

Die Transporter-Halle, in der die Fluggäste standen, war riesengroß und kreisrund. Die Wände der Halle schienen aus Spiegeln zu bestehen, hinter denen sich die Beleuchtung befand. Das Licht war sehr hell, ohne jedoch grell zu sein.

Ringsum befanden sich mehrere kreisrunde Türen, neben denen Besatzungsmitglieder bereitstanden. Sie geleiteten, ähnlich wie Stewardessen, die Fluggäste in andere Räume.

Ken, Christy, Mick und Charly traten durch eine der Öffnungen in einen röhrenförmigen Aufzug.

X

Durch eine große, runde Luke traten die Passagiere in den Fluggastraum. Er war oval und komfortabel ausgestattet. Die Beleuchtung war ähnlich der im Transporterraum. Die Sitze waren bequem und mit lederähnlichem Material bezogen.

Die Stewardessen wiesen den Passagieren ihre Plätze zu.

Nachdem alle ihre Plätze hatten, trat Aaron durch eine der Luken.

Alle Aufmerksamkeit richtete sich auf ihn. „Verehrte Herrschaften. ... Zunächst möchte ich mich im Namen des Senats von Atlantis bedanken, dass Sie unserem Ruf so schnell gefolgt sind. ... Wir werden jetzt zur Hauptstadt hinüberfliegen, wo wir die Verhandlungen mit Beteiligung des gesamten Senats führen werden. ... Sie können unseren Flug hier", er deutete auf einen großen Wandbildschirm, „auf diesem Monitor verfolgen, wenn Sie dies wünschen. ... Wenn wir gelandet sind, bitte ich Sie, den Anweisungen unserer Besatzung Folge zu leisten." Er wand sich um und nahm seinen Platz in Reichweite der Luke ein.

Der Raum wurde leicht abgedunkelt. Auf dem Monitor war das Meer zu sehen, das schnell unter dem Raumschiff hinwegjagte. In weiter Ferne war die Insel zu sehen, die schnell größer wurde. Als sie beinahe erreicht war, verlangsamte das Raumschiff sein Tempo, bis die Kuppel der Stadt in Sicht kam. Langsam näherte sich das Schiff der Kuppel, bis es neben ihr wie ein winziges Staubkorn aussah.

Im Landehangar steuerte das Schiff seinen Landeplatz an. Dort wimmelte es geradezu von Raumschiffen in den verschiedensten Formen und Größen.

Es vollführte eine Drehung um die eigene Achse, bis es wieder in Abflugrichtung stand.

Im Fluggastraum ging das Licht wieder an und der Monitor wurde ausgeschaltet.
Die Stewardessen öffneten die Luken. Die Fluggäste erhoben sich von ihren Plätzen und folgten den Stewardessen in ein Röhrensystem, das aus dem Schiff hinaus führte.

Der massige Körper des Schiffes thronte auf sechs dieser Röhren wie auf Beinen wodurch der Eindruck einer riesigen Spinne entstand.

X

Ja, ich weiß, dass Spinnen normalerweise acht Beine haben!

X

Aaron trat vor. Er hob die Hände und augenblicklich kehrte Ruhe ein.

„Willkommen auf Atlantischem Boden. ... Sie befinden Sich jetzt 3000 Jahre Ihrer Zeitrechnung in der Zukunft. ... Wir werden uns jetzt zu unserem Ratsgebäude begeben, wo bereits einige Räumlichkeiten für Sie bereitstehen. ... Bitte verzeihen Sie mir, dass Sie diesen Weg zu Fuß zurücklegen müssen. Aber wir sind der Ansicht, dass Sie so den besten Eindruck von unserer Stadt gewinnen können."

Die Staatsoberhäupter sahen sich teils entrüstet, teils verwirrt an. Einzig die englische Queen ergriff sofort die Initiative. Sie streifte die Henkel ihrer Handtasche, die sie passend zu ihrem cremefarbenen Kostüm trug bis zum Ellbogen zurück, trat neben Aaron und lächelte ihn verbindlich an.

Aaron bot ihr den Arm zum Geleit und ging mit ihr los.

Als sie bereits einige Schritte gegangen waren, während die Übrigen unentschlossen das Geschehen verfolgt hatten, machte sich endlich Einer nach dem Anderen auf den Weg ihnen zu folgen.

X

Ken hatte mit Christy, Mick, Charly und den Piloten der Georgetown und Flight 19 das Raumschiff durch eine andere Röhre verlassen. Jetzt versammelte er alle um sich. „Ich schätze, die Verhandlungen werden die nächsten Tage beanspruchen. Das gibt uns Gelegenheit, Sie in den Umgang mit unseren Atmosphärengleitern einzuweisen. ... Bitte folgen Sie mir in unser Schulungszentrum. ... Ihre Wohnräume liegen ebenfalls dort."

Travers hob auf die ihm typische Weise eine Augenbraue. „Darf ich mir die Frage erlauben wie es kommt, dass Sie uns das Kommando über diese Fluggeräte überlassen. Ich hätte nicht gedacht, dass Sie uns bereits so weit vertrauen."

Ken zuckte mit den Schultern. „Ihre Führungsoffiziere hatten den Wunsch geäußert, dass Sie sich mit unserer Technologie vertraut machen sollen. Und jede gut funktionierende Partnerschaft basiert doch auf gegenseitigem Vertrauen."

„Eine weise Entscheidung. ... Finden Sie nicht, Käptn?", mischte Don sich in das Gespräch ein.

„Allerdings, Lieutenant." Travers stellte mit den Augen die Frage ‚wohin jetzt' an Ken. Der nickte und wandte sich einem seitlichen, etwas kleineren Ausgang zu. Die Piloten folgten ihm in disziplinierter Ordnung.

X

Am nächsten Tag war der Alltag im Schulungszentrum bereits so etwas wie ein alter Hut. Christy saß gerade in einem simulatorähnlichen Gerät. Die Anderen verfolgten das Geschehen auf einem riesigen Monitor.

Christy vollführte eine Kehrtwendung, jagte über gischtschäumendes Meer dahin und zog das Fluggerät dann steil nach oben.

Augenblicklich wurde die optische Anzeige im Hintergrund dunkel und das Licht im Saal ging an. Christy schob sich aus dem Sitz des Trainingsgerätes und stieg aus.

Ken trat neben sie. „Gut geflogen", und mit einem verschmitzten Lächeln, „ich weiß zwar nicht, wofür wir ein solches Manöver brauchen, aber wer so fliegen kann, der schafft auch einen Routineflug", er wandte sich um. „Käptn Travers, wollen Sie jetzt?"

Travers trat an Christy vorbei und kletterte in das Trainingsgerät.

Christy ging die wenigen Stufen hinunter zu Mick. Der nahm sie in den Arm und zog sie etwas beiseite. „Was hältst Du davon, wenn wir heiraten?"

„Laden wir Mehmet und Delia zur Feier ein?" Christy sah Mick einfach nur aus großen Augen an.

Mick stutzte, drehte sein Gesicht so, dass er Christy direkt in die Augen schauen konnte. „Soll das heißen Ja?"

Christy lächelte ihn glücklich an. „Ja!"

Mick brach in unbeschreiblichen Jubel aus. Er hob Christy hoch, drückte sie an sich und wirbelte sie wild im Kreis. Und dann bedeckte er ihr Gesicht mit Küssen und hatte die Welt um sich herum vollkommen vergessen.

Die Anderen, von dem Lärm aufgeschreckt, drehten sich zu ihnen um und sahen sie verblüfft an. Ken warf Mick einen strafenden Blick zu.

Mick, der plötzlich die Aufmerksamkeit aller Anwesenden auf sich ruhen spürte, sah sich verlegen um. „Tschuldigung … Aber ich habe gerade eine Frau gefunden."

Travers drehte sich in dem engen Cocpit so weit er konnte. „Herzlichen Glückwunsch. … Ich hoffe doch, wir sind zur Feier eingeladen."

Ken sah auch ihn ermahnend an. „Wir werden sehen. … Jetzt wollen wir aber wieder Ruhe einkehren lassen. … Es gibt noch viel zu tun, bevor wir ans Feiern denken können."

Sofort benahmen sich alle wieder mit dem nötigen Ernst und sahen zu, wie Travers das Übungsschiff startete.

Von den Anderen unbemerkt sah Ken von seinem Platz zu Christy hinüber. Er sah das Leuchten in ihren Augen und freute sich darüber.

Ein paar Wochen später war es dann endlich soweit.

Der Festsaal des Atlantischen Hohen Rates war festlich geschmückt. Tropische Pflanzenarrangements und Kerzenleuchter aus Kristall und Gold bildeten eine perfekte Einheit. Überall auf den Tischen standen die köstlichsten Speisen.

Die Piloten der Georgetown und die von Flight 19 trugen atlantische Fliegerkombinationen.

Die Staatsoberhäupter der Welt tummelten sich etwas abseits, mit einigen Mitgliedern des Atlantischen Rates in eine angeregte Unterhaltung vertieft.

An einem besonders festlich gedeckten Tisch saßen Delia und Mehmet neben Charly und Mick und einer strahlenden Christy. Sie trug ein atlantisches Brautgewand.

Aaron trat auf ein kleines Podium. Augenblicklich kehrte Ruhe ein.

„Liebe Freunde ... Brüder und Schwestern von Atlantis. ... Heute feiern wir die Unterzeichnung des ersten Partnerschaftsabkommens zwischen unserer Insel und der Außenwelt. ... Wir haben viel für uns alle erreicht und eine große, sehr ehrenvolle Aufgabe liegt jetzt vor uns. ... Wir werden ... mit Unterstützung unserer neuen Freunde ... den ursprünglichen Zustand dieses Planeten, soweit es im Bereich unserer Möglichkeiten liegt, wieder herzustellen. ...Und noch etwas bitte ich Sie mit uns zu feiern. ... Die Hochzeit meiner Enkelin mit einem jungen Mann aus der Außenwelt. ... Möge die Verbindung dieser beiden jungen Menschen unseren heutigen Vertragsabschluß besiegeln."

Die Menge applaudierte.

Am Tisch von Christy und Mick war der Jubel besonders groß.

Mehmet ergriff sein Weinglas und erhob sich. „Auf das Brautpaar!"

Alle erhoben sich ebenfalls und ließen das Brautpaar hochleben. Dann kehrte nach und nach wieder Ruhe ein.

Dann stimmte irgendwo in einer Ecke des Saales jemand die Atlantische Nationalhymne an. Nach wenigen Augenblicken stimmten mehr und mehr mit ein, bis schließlich der ganze Saal aus voller Kehle diese Hymne schmetterte.

Christy und Mick stahlen sich unbemerkt davon.

Durch zwei riesige Flügeltüren aus in Facetten geschliffenem Kristallglas traten sie auf eine endlos erscheinende Aussichtsplattform, von der man die ganze Stadt überblicken konnte. Der Gesang der Festgäste drang hier nur gedämpft nach draußen und ebbte, je weiter sie gingen nach und nach ganz ab.

Christy trat an eine Brüstung und ließ träumerisch ihren Blick über die Stadt schweifen.

In der Ferne konnte man durch das dicke Glas des riesigen Kuppeldachs bereits ein leises Rot der allmählich untergehenden Sonne erkennen.

Als Mick hinter Christy trat und behutsam ihre Schultern in beide Hände nahm, ließ sie einen Seufzer entweichen.

„Es kommt mir vor, als hätte ich schon immer hier gelebt. ... Ich kann mir unser anderes Leben schon gar nicht mehr vorstellen."

„Ich auch nicht", flüsterte Mick ganz dicht an ihrem Ohr. „Es ist einfach zu schön hier."

Schweigend betrachteten sie die Stadt zu ihren Füßen. Die meisten Wohnpyramiden waren hell erleuchtet. Überall schwirrten kleinere und größere Schwebefahrzeuge zwischen den Gebäuden herum um irgendwo auf einer der zahlreichen Plattformen zu landen.

Unten, am Fuße der Gebäude, erstreckten sich die reichlich bepflanzten Parks so weit das Auge reichte. Überall lustwandelten die Menschen. Von irgendwo her drang ein Lachen zu ihnen heran.

Zärtlich schmiegte sich Christy an Micks Brust. Der blickte auf sie hinab und zog tief den Geruch ihres Haares in seine Lungen. Dann drehte er sie behutsam zu sich herum und sah ihr tief in die Augen. Langsam ließ er sich in diesen beiden tiefblauen Seen versinken.

Wie von selbst fanden seine Lippen die ihren. Was danach folgte war Stille.

X

Und sie lebten glücklich, bis an ihr Lebensende. Oder sollte ich schreiben „Fortsetzung folgt"?.

Jedenfalls kommt jetzt die Stelle, an der ich sehr gerne diesen Balkon hinunterklettern und die Straßen von Atlantis entlang schlendern würde. Dann wären wir nämlich wieder bei meinem Motiv vom Anfang der Geschichte. Das würde das Ganze irgendwie abrunden.

Aber ...wie dem auch sei, das war sie (zumindest auszugsweise), die Entstehungsgeschichte meines ersten Romans.

Die mit 30 Jahren längste Entstehungsgeschichte eines Romans von der ich je gehört habe.

Um das Ganze jetzt an den Mann bzw. die Frau zu bringen, musste nur noch der geeignete Verlag gefunden werden. Auch das war, wieder einmal leichter gedacht als getan. Von diversen Verlagen erhielt ich überhaupt keine Antwort, von einigen eine, wenn auch freundliche, doch wohlformulierte Absage. Endlich dann, als ich schon bereit war, das ganze aufzugeben, kam die Antwort, auf die ich so lange gewartet hatte. Oder jedenfalls beinahe …

Ein Verlag aus Frankfurt am Main schrieb mir zurück, dass mein Roman ihnen sehr gefallen hätte und sie ihn gerne veröffentlichen würden. Und jetzt kommt es: es fehle nur momentan leider das nötige Kapital, da der Etat für dieses und die nächsten Jahre bereits verplant sei. Allerdings würden sie es sofort machen, wenn ich die erste Auflage selbst finanzieren würde … Die Rede war hier von einer Summe zwischen 3.000,- und 6.900,- Euro.

Steht irgendwo auf meiner Stirn geschrieben: „Ich hab nen Goldesel Zuhause“?

Okay, aufgeschoben ist nicht aufgehoben, dachte ich und wartete weiterhin auf die geeignete Gelegenheit. Die kam dann ein paar Monate später in Form eines Artikels im Internet. Dort wurde über BOD berichtet, die Firma, die Bücher erst dann druckt, wenn sie vom Kunden bestellt werden. Und dies für jeden Autor zu erschwinglichen Preisen.

Also habe ich online meinen Roman eingereicht und ein Cover aus einer Vielzahl von Möglichkeiten ausgewählt. Das eingebettete Foto ist übrigens von mir. Und das Ergebnis kann sich sehen lassen.

Jedenfalls jetzt … nachdem ich das Ganze noch einmal überarbeitet habe. Leider ist es beim Schreiben überaus schwierig, sich vorzustellen, wie eine bestimmte Schrift in einem so kleinen Buch wirkt. Meine erste Wahl war leider denkbar schlecht. Auch das ist eine Erfahrung, die wohl jeder Neuling irgendwann macht. Daher kann ich jedem, der es selber versuchen möchte, nur den (hoffentlich) guten Rat geben, sich vergleichbare Buchgrößen anzuschauen und zumindest eine ähnliche Schrift und Größe zu verwenden. Von Experimenten kann ich hier nur dringend abraten.

Sie fragen sich jetzt sicher wie ich in all den Jahren des Lesens und Lernens, bei all dem Auf und Ab der Schriftstellerei und der vielen Schreibarbeit überhaupt Zeit gefunden habe, einen „anständigen" Beruf zu lernen, zu heiraten und eine Familie zu gründen?

Gute Frage.

Aber DAS . . . ist eine andere Geschichte.

ENDE